La nariz
de Moritz

Mira Lobe

ediciones **sm** Joaquín Turina 39   28044 Madrid

Colección dirigida por **Marinella Terzi**

Primera edición: julio 1984
Decimoquinta edición: mayo 1995

Traducción del alemán: Manuel Olasagasti
Ilustraciones y cubierta: Antonio Tello

Título original: Moritz Huna Nasenriecher
© Verlag Jungbrunnen, Viena-Múnich, 1980
© Ediciones SM, 1984
   Joaquín Turina, 39 - 28044 Madrid

Comercializa: CESMA, SA - Aguacate, 43 - 28044 Madrid

ISBN: 84-348-1337-8
Depósito legal: M-17230-1995
Fotocomposición: Secomp
Impreso en España/Printed in Spain
Imprenta SM - Joaquín Turina, 39 - 28044 Madrid

1

EL PERIÓDICO decía: «¡Epidemia de gripe! La décima parte de la población está enferma: estornuda, tose, tiene fiebre y guarda cama».

El cartero Moritz Nape era uno de ellos.

Comenzó con dolor de cabeza. Siguió con tos y picor de garganta. Se acostó al subirle la fiebre a 38 y medio.

Su madre le preparó tila y leche con miel, diciéndole lo del refrán:

—«Con tila caliente, la gripe no se siente».

Quería cuidarle como cuando era pequeño.

A Moritz Nape no le gustaba la tila ni la leche con miel. Tampoco le gustaban los refranes, ni sudar. Pero su madre le aplicaba una cataplasma detrás de otra.

—«Si tienes calentura, suda» —decía.

Y le echaba encima una montaña de mantas y almohadas; no podía ni moverse. Comenzaba a sudar y a asarse como una chuleta a la parrilla. La madre aparecía de vez en cuando, para limpiarle el sudor con un paño, mientras le decía:

—«Pronto sanará nuestro crío, si corre el sudor como un río».

—¿Cuánto va a durar esto? —preguntaba continuamente Moritz Nape.

—Aún falta un poquito —contestaba continuamente la madre.

El poquito de tiempo solía alargarse hasta una hora y más. La verdad es que, cuando su madre le quitaba las mantas y la cataplasma, Moritz Nape sentía mucho alivio y la fiebre había desaparecido.

—Ya ves —decía su madre, contenta—. «La mamá sabe de fijo, lo que le conviene a su hijo».

Así le había tratado cuando era pequeño. Pero Moritz ya era mayor y no estaba dispuesto a aguantar sus refranes ni sus cataplasmas. A pesar de la gripe, de la fiebre y de la nariz taponada, no quiso saber nada cuando su madre se presentó de nuevo con la leche con miel y otra cataplasma.

—¡Que no me gusta la leche! —dijo.

—Pero, Moritz, la leche es buena para la tos, y la cataplasma para sudar.

—Yo no quiero sudar, madre. Ya sudo todos los días repartiendo cartas.

—Pero, Moritz...

—¡Ni Moritz, ni nada! Déjame, estoy bien en la cama. Tú puedes irte a *El Cisne azul*, que yo me curaré sin leche y sin cataplasmas. ¡Achís!

El Cisne azul era un hostal donde la madre

trabajaba desde las doce de la mañana hasta el anochecer. Servía a los huéspedes y ayudaba en la cocina. Pero cuando Moritz cayó enfermo, pidió algunos días de permiso para cuidarle.

El resfriado iba en aumento. Moritz cogió un pañuelo, el que hacía el número veinte de la mañana. Se sonó, dando un trompetazo... pero la nariz siguió taponada.

—Haces bien, madre —dijo Moritz al ver que ella se retiraba con la leche y la cataplasma. No te enfades, pero ya verás cómo me curo sin cataplasmas. ¡Achís!

AL TERCER DÍA tuvo visita. Un amigo, también cartero, asomó la cabeza por la puerta. No se atrevió a más por miedo a contagiarse.

—Hola, Moritz. ¿Cómo va eso?

—¡Achís! —estornudó Moritz.

—Te ha cogido fuerte, ¿eh? A ver si te levantas pronto. Nos hemos repartido tus casas y toda la gente pregunta por ti. La señora de Mauermann ha telefoneado a la dirección, quejándose. No quiere carteros suplentes, te quiere a ti.

—¡Achís! —estornudó Moritz.

—La vieja Mauermann está muy contenta

contigo porque le sueles llevar el fuel para la calefacción.

—¡Achís!

—En cambio, la dirección de Correos está menos contenta. Dice que eso es faltar a tu deber.

Moritz se sentó en la cama.

—¡Cómo que faltar a mi deber! Ayudo a una señora mayor para que no le falte la calefacción y no se hiele a diez grados bajo cero.

—Sí, y además le arreglaste la luz, y le ordenaste los muebles. Eso dice el jefe. En su opinión, ésa no es la misión del cartero.

—Pues en mi opinión, eso a él no le importa. Yo no le arreglé la luz; le enrosqué una bombilla, nada más, porque la señora Mauermann no puede subirse a una escalera. Tampoco le estuve ordenando los muebles; no hice más que correrle el armario, porque ella decía que detrás había un nido de ratones.

Moritz empezó a toser. Se dejó caer sobre la almohada.

—No te enfades —le dijo su amigo—. Ya conoces al jefe. Dice que a ti no te tienen que importar los ratones ni las bombillas mientras estés de servicio. ¡Que tu tiempo de servicio es sólo para Correos! ¡Que eres cartero y no proveedor de combustible, ni cargador de muebles, ni electricista!

—¡El jefe puede decir lo que le dé la gana! —respondió Moritz.

Su compañero tenía que marcharse. Saludó desde la puerta y le deseó una rápida mejoría.

—A ver si te curas pronto. Todos nos acordamos mucho de ti, no sólo las viejas como la Mauermann; toda la oficina de Correos te está esperando. También una tal señorita Liane, la de la ventanilla tres.

Moritz estaba ya bastante rojo con la fiebre y el enfado contra su jefe, pero se puso aún más. ¿La señorita Liane? ¿Acordarse de él? Ojalá fuese verdad. Pero no se lo creyó. Era una broma de su amigo, seguro.

PASARON dos días y le bajó la fiebre. Ya sólo usaba seis o siete pañuelos al día. Su nariz seguía taponada, pero él ya estaba cansado de tanta cama.

—Mañana me levanto —dijo a su madre—, y el lunes voy a trabajar.

—«Después de la enfermedad, poquito trabajar» —murmuró ella.

Moritz no le hizo caso. Ya le había oído demasiados refranes.

Al día siguiente pensaba volver a la vida normal.

SE DESPERTÓ de noche. Vio una extraña luz en su nariz y sintió al mismo tiempo un hormigueo, como si cien bichitos le hicieran cosquillas. Abrió la boca y respiró para estornudar. Al hacerlo, aquello fue un horrible estruendo, como si un elefante hubiera resoplado en el bosque. Las ventanas crujieron, y no se hundió la casa por milagro.

La madre llegó asustada, de la habitación contigua.

—¿Has oído, Moritz? Ha debido de ser una explosión ahí fuera.

—Ha sido aquí, madre. Se me ha ido el constipado, ya puedo respirar.

Abrazó a su madre, respiró ensanchando las ventanas de la nariz y dijo:

—Mañana habrá col para comer, ¿verdad?

—¿Cómo lo sabes? —preguntó la madre, muy sorprendida.

—Lo huelo —contestó Moritz, tan sorprendido como ella.

—¿Cómo es posible? ¡Pero si está en una fiambrera de plástico, con tapa y todo! Y, además, metida en el frigorífico.

—Pues la estoy oliendo, qué quieres que te diga.

Volvió a aspirar por la nariz, esta vez con los ojos cerrados.

—Y huelo algo más: las flores del balcón se están secando.

—Pues es verdad —dijo la madre, asusta-

da. Por atender al enfermo, se había olvidado de regar los claveles.

Pero, ¿cómo podría Moritz oler aquello con las puertas cerradas? Parecía imposible.

—Pues lo huelo. Desde esa explosión, mi nariz huele todo. Ven, vamos a regar las flores.

Echaron abundante agua en las macetas. Moritz dijo que los claveles olían a desesperados; en efecto, a la mañana siguiente ya habría sido demasiado tarde. Se asomó a la barandilla. La calle estaba oscura y silenciosa. Pasó un camión.

—¡Diablos, qué mal huele! —Moritz se tapó la nariz con los dedos.

—Pero, Moritz, si no es más que un camión. Si eso te parece demasiado, ¿cómo vas a aguantar de día, cuando la calle esté llena de coches?

Su madre movió la cabeza, preocupada.

—No me gusta, no me gusta...

Así ocurrió. A la mañana siguiente, Moritz salió al balcón para sentarse en una silla. Pero tuvo que levantarse en seguida, porque se asfixiaba.

Los gases de los coches le irritaban la nariz. Se la tapó con un pañuelo y huyó a la sala de estar.

—Moritz, hijo, ¡pero si tienes la cara color verdoso! —dijo la madre.

Moritz la tranquilizó.

—Es que aún estoy algo débil. Mi nariz se

irá acostumbrando a los olores. Y si no, iré al médico para que me recete algo. Si para oídos finos hay *Audipax*, o como se llame, para personas de olfato fino habrá algún *Olfapax*.

—¿Tú crees? —preguntó la madre, incrédula.

—O me hago una funda, un estuche de nariz, con piel roja muy fina. Me sentará bien. Seré el único cartero que lleve un estuche de nariz.

Se echó a reír.

A la madre no le dio por reír. Tampoco se rió cuando él dijo:

—O cojo una pinza y me tapo la nariz.

—¡Ya vale, Moritz! —dijo la madre—. A mí eso no me hace ninguna gracia.

POR LA TARDE decidieron salir de paseo. Había cerca un pequeño parque con bancos, flores, pájaros y árboles.

Bajaron los cuatro pisos. Moritz se paró en el entresuelo, torció la cabeza, arrugó la nariz y husmeó.

—No puede ser —dijo.

—¿Qué es lo que no puede ser? —preguntó la madre.

—Que aquí huela a disgusto. ¡Si hace seis meses que la vivienda está vacía...!

13

—Ya no. Mientras estabas enfermo vinieron nuevos inquilinos, una familia con tres niños: dos críos gemelos y una niña más crecidita.

—Entonces es disgusto infantil. Será la niña...

Volvió a husmear.

—Moritz —le preguntó la madre en voz baja—, ¿a qué huele el disgusto?

Él intentó explicárselo.

—A tristeza, a lágrimas..., a dolor de corazón.

La madre le miró de reojo, moviendo la cabeza. ¿Qué le pasaba a su Moritz? Eso de andar husmeando y oliendo a través de las puertas... y encima, eso de «dolor de corazón...» era una palabra rara, pasada de moda.

—No deberían existir niños tristes —dijo Moritz—. Decir niño triste es como decir nieve negra.

Salieron a la calle y Moritz aspiró todos los olores. Muy pronto tuvo que sacar el pañuelo para proteger su nariz. Sólo en el parque se sintió mejor. Los rosales florecían; anduvo de uno a otro, metiendo la nariz en las flores rojas, amarillas y blancas y aspirando la fragancia de las rosas. Luego se sentó en un banco al lado de su madre. Se entretuvo hablando con ella y todo volvió a ser como antes de la enfermedad.

De regreso, Moritz tuvo que protegerse

otra vez la nariz con el pañuelo. Cuando llegaron a casa, dijo:

—Ahora está doblando la esquina tu amigo Strupps con el periódico.

Strupps era el perro del portero. Todos los días, a aquella hora, le traía el periódico a su amo.

Su madre le cogió de la manga.

—Oye, hijo, ¿hueles el perro cuando dobla la esquina?

—Pues, sí. Yo lo encuentro gracioso. ¿Tú no?

—No. A mí me da miedo.

Apareció Strupps. Traía el periódico en la boca. Entraron en la casa y Moritz comprobó con alivio que el entresuelo seguía oliendo a tristeza, pero mucho menos que antes.

2

EL DÍA SIGUIENTE era domingo. Moritz quiso ir otra vez al parque, pues el día anterior le había gustado mucho oler la fragancia de las rosas.

Al llegar a la vivienda del entresuelo se quedó parado. Una bici cruzaba las escaleras de lado a lado. Junto a ella estaba una niña en pantalón corto, camiseta y zapatillas de deporte. La niña tenía pecas en la cara. El cabello era rubio y le caía sobre los ojos; tenía una naricilla respingona.

—Buenos días —dijo Moritz—. ¿Me dejas pasar?

Ella se retiró a un lado.

—¿No puedes entrar? ¿No tienes llave?

—Sí tengo, pero no abre.

La niña le miró de reojo por entre sus rubios mechones y le entregó la llave.

—Será que la cerradura está estropeada. Pruebe usted si quiere.

Moritz metió la llave en la cerradura.

—¡Ya está, abierta!

La niña dio un salto y le abrazó contentísima. Como era la mitad de alta que él, el abrazo fue a media altura. Su frente rozó la barriga de Moritz.

—¡Qué duro es usted! Mi padre es mucho más blando.

—Es la correa. Basta, que te vas a hacer daño.

La niña levantó la bici del suelo y, mientras entraba por la puerta, preguntó:

—¿Usted vive aquí?

—En el cuarto piso. Me llamo Moritz Nape. Puedes hablarme de tú.

—Yo me llamo Cordula.

—Cor-du-la —silabeó Moritz—. Bonito nombre.

—Pero Axelotto me llaman Dula —contestó la niña, enfadada.

—¿Qué dices de Lotto?

—Axel y Otto. Mis hermanos. Lo destrozan todo. Hasta mi nombre. Cordula es mucho más bonito que Dula.

—Dula también me gusta. Suena tan redondo, tan gracioso...

Ella le lanzó una mirada sombría.

—Pues a mí algunas veces no me hace gracia; puedes creerme, señor Nape... Y, además, yo no soy redonda.

—Cierto, más bien eres delgada.

La niña metió la bici y preguntó a Moritz si quería entrar.

—¿Quieres que te enseñe nuestro cuarto?

Aún no está arreglado, porque hace pocos días que lo ocupamos.

El cuarto tenía dos ventanas. Entre ellas había una cortina azul que llegaba del techo hasta el suelo y dividía la estancia en dos partes desiguales. La mayor pertenecía a los hermanos gemelos. La más pequeña, a Dula.

—Yo hubiera querido otra cosa —se quejó la niña—. Querría haber tenido un cuarto con puerta, y no esta tela tonta —y pegó un puñetazo a la cortina—. Un cuarto aparte para que esos dos me dejen en paz y no me rompan y me quiten todas mis cosas.

—¿Qué te quitan, Dula?

—¡Todo! Mis caramelos, mi regla, mi tortuga. Cualquiera sabe lo que habrán hecho con ella. ¿Tú tienes hermanos pequeños, señor Nape?

—No. ¿La tortuga es de verdad?

—¡Claro! ¡Una tortuga con piel auténtica! Mueve la cabeza y la cola y se llama Amanda.

—¿Piel...? Moritz levantó la nariz, husmeó como un perro de caza y señaló hacia el armario.

—Creo que está ahí arriba.

Dula se hizo aupar por él y gritó:

—¡Pero si estás ahí, Amanda!

Tomó la tortuga en sus manos y preguntó admirada:

—¿Cómo lo supiste, señor Nape?

Él se encogió de hombros y se tocó la nariz sin decir palabra.

Dula le preguntó, excitada:

—¿También sabes dónde está mi zapatilla? ¿Y la regla? ¿Y los caramelos?

—¡Cómo! ¿Había caramelos? —preguntó Moritz—. Entonces deben de estar ahí, debajo de la cama.

Dula se echó cuerpo a tierra. Se metió debajo de la cama y luego apareció con un montón de caramelos sucios y pegajosos.

—Mira, señor Nape, los han chupado Axel y Otto. Siempre hacen lo mismo. ¡Uf, qué asco! —y enseñó los dedos pringosos.

Moritz envolvió los trozos de caramelos en un pañuelo de papel y los llevó a la cocina. Guiándose por el olfato encontró el cubo de la basura. Dula fue detrás de él, protestando:

—¡Ya ves lo que hacen! ¡Lo chupan y lo estropean todo! ¡Poco bien que estás tú con no tener hermanos pequeños, señor Nape!

—Pues no, no estoy bien —dijo Moritz—. Yo soy hijo único y siempre quise tener hermanos.

—Yo también. Pero una hermana o un hermano, no dos de una vez. Y encima, tan malos.

Moritz sacudió la cabeza, como dudando. Luego, preguntó:

—¿Por eso llorabas ayer por la tarde?

La niña se quedó muda por la sorpresa. Luego, dijo tartamudeando:

—¡Pero si lloré por lo bajo y con la cabeza debajo de la almohada! Tú no podías oírme.

—No te oí. Te olí.

Pasaron al cuarto de Dula. Moritz se sentó en la mesita y le preguntó qué había pasado la tarde anterior.

La niña le enseñó una caja de lápices de colores. Mejor dicho, de los que habían sido lápices de colores. Sólo quedaban pedazos rotos, trozos y polvo de colores.

—¿Quién ha hecho esto? —preguntó Moritz—. ¿Axelotto?

Ella dijo que sí con la cabeza y le contó que había estado pintando un cuadro. Porque a ella le gustaba pintar. Lo que más le gustaba era pintar brujas. Luego había salido del cuarto y, cuando volvió, Axelotto habían mordisqueado todos los lápices de colores.

—¿Les gusta comer lápices? —preguntó Moritz—. Pues no son nada bueno para la salud.

—Son muy malo para la salud —le dio la razón Dula—. Se pusieron fatal y vomitaron y todo. Pero antes los pegué. Como castigo.

—¿Por qué? Vomitar ya fue bastante castigo.

—Eso mismo me dijo papá cuando volvió a casa, y que es muy feo pegar a los hermanos pequeños.

—Y es verdad —dijo Moritz.

—¡Pero es que no es un hermano, son dos! Y, además, muy traviesos —dijo Dula. Se dejó caer en el suelo, sostuvo a Amanda sobre las rodillas y movió su cabeza y su cola. Luego, siguió contando.

Su padre le había preguntado:

—¿Reconoces que has obrado mal?

—No.

Su padre, cada vez más enfadado, le insistió:

—¿Quieres saber lo que pasa cuando un niño pega a otro más pequeño?

—¡Sí!

Había dicho que sí por pura terquedad. Entonces su padre le dio un cachete en la mejilla derecha y otro en la izquierda. Nunca lo había hecho. Dula se quedó en silencio. Por miedo, por rabia y por lo enfadada que estaba. Luego, rompió los lápices de colores que le quedaban y gritó que se marcharía de casa, y que prefería ser una niña huérfana antes que la hija de unos padres tan injustos. Y no paró de gritar. El padre le metió la cabeza debajo de un chorro de agua fría y le exigió que se disculpara. Pero ella, en lugar de hacerlo, se fue a la cama y empezó a llorar después de meter la cabeza debajo de la almohada. Tanto lloró que el señor Nape lo olió desde las escaleras. Estuvo en la cama hasta la mañana. Sin cenar. No quiso cenar para castigarlos.

—¿Castigar a quién? —preguntó Moritz.

Ella acarició a la tortuga.

—A mis padres. No les gusta que me quede sin comer, porque estoy muy delgada.

¡Pues me quedé sin comer! Me metí debajo de la manta y nadie se preocupó de mí. Sólo mucho después, ya muy entrada la noche, mis padres se acercaron en silencio a mi cama y quisieron hacer las paces. Pero yo no quise. Me hice la dormida.

—Como castigo, ¿verdad? —dijo Moritz—. ¿Y esta mañana?

—Esta mañana me dije: «Esto de seguir en la cama sin estar enferma es de tontos». Me levanté y tomé el desayuno; pero muy poco, lo justo para quitar el hambre. Y no dije una palabra. Ni siquiera le contesté a mi madre cuando me preguntó si quería acompañarlos en el paseo del domingo al parque. Mi madre dijo: «¡No hay una niña más terca en el mundo!». Y mi padre dijo: «A ver si, cuando volvamos, se te ha pasado la terquedad». Y luego se fueron sin mí y yo me quedé sola.

—Y te has sentido sola y abandonada, ¿verdad? —preguntó Moritz.

—Anduve en bici un poco por delante de casa y, al volver, la llave no funcionaba. Si no llegas a venir tú, aún estaría sentada en las escaleras.

La niña se quedó mirándole, a ver si le decía alguna palabra de comprensión. Pero Moritz guardó silencio. Estuvo callado bastante rato.

Dula acarició a Amanda y le dejó mordisquear los trozos de lápiz que aún quedaban.

—Y ahora, ¿qué piensas hacer? —preguntó al fin Moritz—. No vas a estar enfadada siempre con tus padres, con tus hermanos y contigo misma.

—¿Conmigo misma?

—¿No te enfadaste ayer contigo misma cuando te fuiste a la cama sin cenar? ¿Y al hacerte la dormida cuando tus padres querían hacer las paces? ¿Y al quedarte esta mañana en las escaleras en lugar de ir de paseo con tu familia? Has sido muy mala contigo misma.

La niña tocó con el dedo los trozos de lápiz y fue pintando manchas de colores en la espalda de Amanda.

—Déjate ya de castigos —dijo Moritz—. Son tonterías. Así que olvida el enfado. Sé que lo harás, aunque todavía te dure el rencor.

—¿Tú cómo lo sabes?

—Mi nariz lo sabe todo. Yo lo huelo.

La niña sintió un gran respeto por la nariz de su amigo.

Moritz se levantó.

—Me voy. ¿Sabes adónde? A dar un paseo por el parque. A lo mejor veo allí a tus hermanos. ¿Tienen unas pecas tan bonitas como las tuyas?

—¿A ti te parecen bonitas, señor Nape? A mí me gustaría no tenerlas.

—Muy bonitas. Y no olvides que me lo has prometido, Dula —dijo dándole la mano.

—¡Yo no te he prometido nada!

No le acompañó a la puerta ni se despidió de él.

LA CALLE estaba silenciosa. Pasaban pocos coches y Moritz no tuvo necesidad de taparse la nariz con el pañuelo. En el parque habían florecido nuevas rosas y su olfato gozó con ellas. Leyó sus nombres latinos en las plaquitas, mientras pensaba: «Si yo cultivase rosas y consiguiera una especie nueva, con fragancia salvaje y muchas espinas, la llamaría *Dula dulíssima, bórstica setiformis*».

Caminando, caminando, descubrió dos niños pequeños, pelirrojos, llenos de pecas. Sus padres estaban sentados en un banco, no lejos de ellos.

Cuando Moritz calculó que su madre lo esperaría ya para la comida, tomó el camino de vuelta. Al pasar por casa de Dula vio un papel pegado en la puerta. Tenía pintado un animal que lo mismo podía ser un perro que un cerdo o un monstruo; tenía dos cuernos y estaba encerrado en una jaula. Y debajo, una inscripción: «Se pasó el enfado».

—¡Qué bien! —dijo Moritz, contento—. Pero se ve que no se le da bien pintar animales; le salen mejor las brujas.

3

E<small>L</small> LUNES por la mañana Moritz salió temprano de casa. Llevaba el traje de faena de los carteros: pantalón oscuro, camisa azul y gorra. Se paró delante de la puerta de Dula y lo que olfateó le dejó satisfecho. Aquello olía a sueño: a sueño de Dula, a sueño profundo de los dos gemelos, y a sueño ligero de los padres, que pronto despertarían.

—¡Todo en orden! —murmuró Moritz.

En la parada aguardaban ya algunos madrugadores que iban al trabajo, como cada mañana, en el primer autobús.

Antes Moritz sólo los conocía de vista; ahora también podía olerlos... y eso era muy distinto. Algo mucho más exacto, como notó en seguida.

Cuando llegó el autobús, Moritz se sentó detrás del conductor. Cerró los ojos y jugó a clasificar los distintos olores. Olía a jabón, a pasta de dientes, a crema de afeitar y, en general, a cuarto de baño y aseo matinal. Olía, además, a bocadillos de salchichas y queso para el descanso de media mañana.

Moritz ensanchó las ventanas de la nariz. Detrás de él viajaba alguien sin lavarse y soñoliento. Se había vestido de prisa y corriendo, olía a cansado y malhumorado y no tenía ganas de nada; se le notaba que le aburría mucho el trabajo en la oficina.

Moritz se volvió hacia él. Había olfateado bien. Un hombre estaba medio dormido en el asiento de atrás. Tenía la cabeza hundida y la boca entreabierta. A su lado iba, de pie, un escolar rubio. Parecía contento y despreocupado y olía a chicle. Apoyado en la barra, tarareaba una canción.

Subió un interventor para pedir los billetes. Moritz enseñó su documento de cartero. De pronto sintió un olor nuevo en la nariz: olor a angustia. El chico rubio se puso muy nervioso y empujó a los viajeros hasta que consiguió llegar a la plataforma trasera; bajó en la siguiente parada, con el tiempo justo para no encontrarse con el interventor.

Eran las ocho menos diez cuando Moritz llegó a Correos. A las ocho en punto comenzaba su turno. Los compañeros le saludaron con un «¡Bravo!», se alegraron de verle... y él olió que lo hacían con sinceridad.

Apareció el enorme autobús de Correos. Los carteros descargaron las sacas, las abrieron y empezaron a ordenar las cartas por calles y casas; un trabajo que Moritz había hecho miles de veces y con mucha rapidez. Pero esta vez se lo tomó con calma. Las cartas desprendían muchos olores diferentes. Moritz cogía los sobres en la mano y su nariz le indicaba la clase de noticias que contenían. Algunas cartas olían bien, eran cartas de amor. Otras olían fuerte, a enfado; otras olían mal, a grosería, y otras, en fin, desprendían un olor dulzón a hipocresía y mentira.

—¡Eh, Moritz! —le dijo un compañero—. Aquí tengo algo que pertenece a tu distrito.

Y le pasó dos cartas para la anciana señora Mauermann. Una llegaba del Canadá y olía a mensaje amistoso. La otra parecía una carta comercial cualquiera, pero olía de un modo sospechoso, sin que Moritz pudiera decir a qué. Alguien pretendía engañar a la anciana señora. Moritz hubiese preferido que aquella carta no llegara a su destino. Pero tenía que entregarla. Aunque lo mejor sería alertar a la señora...

Moritz preparó su carretón y lo fue llenando de periódicos, impresos, paquetes, cartas y tarjetas. Luego se echó al hombro la cartera de cuero que contenía los avisos de certificados, las comunicaciones oficiales y los giros postales.

Era tarde cuando lo tuvo todo listo. Había comenzado ya el servicio de despacho al público en el gran salón. Moritz miró por la vidriera y, como aún no había nadie frente a la ventanilla 3, decidió ir a dar los buenos días a la señorita Liane.

—Hombre, señor Nape —dijo ella, sonriente—. Buenos días. ¿Ya está aquí?

No hacía falta contestar. Ya le estaba viendo.

Moritz aspiró el olor a loción capilar, a esmalte de uñas, a crema de piel y a vanidad. Nada de eso le molestaba. Pero le dolió que su olfato no oliera un poquito de alegría por volverlo a ver. A la señorita Liane le daba igual, por lo visto, que él estuviera enfermo o de servicio, o que le diera los buenos días o no. Su sonrisa tampoco valía gran cosa; se la ofrecía a todo el que le compraba sellos a través de la ventanilla.

—Sí... bueno... hasta luego —dijo Moritz—. Tengo el tiempo justo.

La señorita Liane ordenó los matasellos sobre la mesa. Se le cayó uno y Moritz, agachándose, lo levantó del suelo. Entonces husmeó el vestido marrón de la señorita y le preguntó, a punto de irse:

—¿Qué tal anoche en el cine?

Ella le miró con sorpresa.

—¿Sabe usted dónde estuve anoche?

Después tomó café...

—Sí, es verdad.

Esta vez le miró con más atención, casi con desconfianza.

—¿Es usted un vidente, señor Nape?

Una señora, delante de la ventanilla, pidió sellos. La señorita no se fijó en ella.

—¿O es que me estuvo espiando? ¡Eso no se lo tolero, señor Nape!

Moritz le aseguró que nunca haría semejante cosa y que, por favor, no le tomara por un espía.

Se puso colorado. Un espía, eso es lo que era desde que se le había cambiado el olfato.

La señora que esperaba en la ventanilla empezó a perder la paciencia. Moritz iba a marcharse, pero la señorita Liane le llamó a media voz:

—Usted me debe una explicación, señor Nape. ¡Le exijo una respuesta!

Aquello sonaba a mandato. Moritz se volvió hacia ella.

—¡A ver si cierra mejor el bolígrafo que tiene en el bolso! Le va a manchar todo...

Y se fue. La gente hacía cola delante de la ventanilla 3. La empleada entregó a la señora los sellos, contó luego las palabras de un telegrama, vendió tres aerogramas y puso un impreso sobre la balanza. Después miró en el bolso. ¡Tenía el bolígrafo abierto!

MORITZ recorrió con su carretón y su cartera las mismas calles de siempre. Su distrito se hallaba en una zona muy poblada, llena de casas de muchos pisos, con buzones colectivos en las porterías. Primero dejaba las cartas en los casilleros, y después subía para hacer las entregas personales: la revista *El jardinero aficionado,* para el señor Blaha; la hoja de los impuestos, para el señor Preminger; una carta sin sellos para la señora Navatril, que debía pagar el franqueo.

La casa donde vivía la vieja señora Mauermann era una de las últimas de su distrito. Moritz miró la hora; iba retrasado y esperaba que la señora Mauermann no le diera conversación, como hacía a menudo, o le ofreciera una taza de café y un trozo de bizcocho.

No se cumplieron sus esperanzas. La señora Mauermann casi se le echó al cuello al ver de nuevo a su cartero, a su «querido señor Nape», después de tan larga ausencia. Le bailaban los ojillos de alegría. Le llevó a la cocina. El café ya estaba sobre el fogón y el bizcocho en la mesa. Moritz le entregó las dos cartas: la sospechosa y la portadora de alegrías.

—De Canadá, de parte de sus hijos, señora Mauermann. Apostaría a que contiene una buena noticia.

La anciana abrió el sobre.

—¡Una niña, señor Nape! ¡Al fin una niña, después de tantos niños!

Pesa tres kilos y mide cincuenta centímetros de estatura. «Madre e hija bien», escribe mi yerno. ¡Qué alegría!

Le temblaba un poquito la voz y la mano.

—Cuatro nietos tengo ya...

—Enhorabuena —dijo Moritz.

—... Cuatro nietos y no conozco a ninguno. Mi yerno me pregunta que cuándo iré a visitarlos.

—Y yo le digo lo mismo, señora Mauermann. ¿Por qué no se decide?

—Porque soy demasiado vieja. Canadá está muy lejos. Cuando se tienen sesenta y cinco años, señor Nape, sin haber salido nunca de Austria, un viaje así da miedo. ¿Pasar el océano en avión? Si tuviera veinte años... incluso con cuarenta y cinco años me hubiera atrevido. A esa edad subí al Ötscher [1].

Moritz carraspeó un poco. Era por la segunda carta.

La señora Mauerman sonrió ligeramente.

—¿Sabe lo que hay en esta carta, señor Nape? Los veinte añitos que yo quisiera tener.

Moritz no entendió una palabra.

Sacó del sobre una carta escrita a máquina, un cheque postal y una hojilla impresa de letra apretada. Le alargó la carta. No tenía fecha ni firma, y hablaba de una empresa llamada *Manantial de juventud*. La empresa felicitaba a la «estimada señora Mauermann» por su éxito tras la pequeña cura de rejuvenecimiento. «Le enviaremos el tratamiento intensivo —cinco frascos— y usted podrá pagar el importe de la cura

---

[1] Pico austríaco, en las estribaciones de los Alpes, de 1.892 metros.

completa de rejuvenecimiento con el cheque postal adjunto». La carta terminaba con la fórmula «le saluda atentamente» y, debajo, un garabato grandote e ilegible.

¡El importe era de aúpa! Moritz vio una cifra con muchos ceros. Tomó en su mano el boletín impreso. «¡Sensacional cura de rejuvenecimiento gracias a las maravillosas raíces de los mares del Sur!», decía. Seguía una larga descripción que olía tanto a mentira, que Moritz tuvo que taparse la nariz.

Moritz dejó la hoja. La señora Mauermann había tomado entretanto un pequeño frasco del aparador de la cocina. La etiqueta decía: «Con esto rejuvenecerá usted veinte años. Muestra gratuita de nuestro maravilloso producto de rejuvenecimiento MANANTIAL DE JUVENTUD». La señora Mauermann destapó el frasco y un fuerte olor a verduras inundó la habitación: apio, ajo, puerro, cebolla y perejil. Moritz husmeó largo rato. La sopa de verduras que le hacía su madre olía igual. Se esforzó en descubrir entre aquellos olores conocidos algún aroma extraño a raíces milagrosas de Oceanía. Pero fue en vano: ¡todas eran verduras del país!

—¿Quiere usted probar, señor Nape? No sabe mal.

—Gracias, señora Mauermann, pero ¿veinte años más joven? Yo no puedo probar eso, me convertiría en un bebé de cinco meses. ¿Quién le iba a entregar entonces la correspondencia? —Moritz le puso la mano sobre el hombro—: Bromas aparte, usted es una persona inteligente, señora Mauermann, no caiga en esa trampa.

—¡No hay trampa! Nada más tomar el primer trago de prueba, tuve una sensación de fuerza y vitalidad. Exactamente lo que ahí dice. ¿Usted no cree en el poder de las plantas, señor Nape?

—Hombre, claro, el perejil y el apio son sanísimos —dijo Moritz—. Eso lo sabe todo el mundo.

—¿Perejil y apio? —exclamó la señora Mauermann, ofendida.

—Perejil y apio, sí, querida señora. De raíces de Oceanía, nada —recalcó—. En la verdulería de la esquina tiene usted todo eso, y mucho más barato.

Tocó con el dedo el cheque postal de varias cifras.

—No deje que ningún pícaro le saque el dinero.

Dos ronchas rojas y redondas aparecieron en las mejillas de la señora Mauermann. Dijo que nunca en su vida habría pensado que su amable cartero la ofendiese de ese modo. ¿No sería que le envidiaba el rejuvenecimiento? ¿No deseaba que viajase a Canadá para ver a sus nietos?

Las manchas de sus mejillas eran cada vez más rojas, y su voz más chillona. Moritz quiso responder, pero ella le cortó la palabra:

33

—Precisamente ha tenido que ser usted, mi querido señor Nape, siempre tan amable con lo del combustible, y las bombillas, y los ratones de detrás del armario... ¡Estoy decepcionada! ¡Completamente decepcionada!

—Lo siento mucho —dijo Moritz. Y agradeció el café y el bizcocho y se marchó.

Mientras repartía las últimas cartas, no hizo comentarios con nadie, olieran a lo que olieran las cartas.

LA SEÑORITA LIANE tenía descanso cuando Moritz entró en Correos con el carretón vacío. Ella le salió al paso.

—¡Me debe una explicación, señor Nape! ¿Quién le dijo a usted dónde estuve yo anoche?

—Mi nariz —contestó Moritz, poniéndose colorado—. Desde que tuve la gripe lo huelo todo.

La señorita se quitó las gafas y comenzó a examinarle. Le miró la frente y los ojos azules, la boca y la nariz. Sobre todo, la nariz.

—Me parece que usted se está burlando de mí, señor Nape. Si no me da ahora mismo una demostración de su olfato milagroso, no le dirijo más la palabra. Ni siquiera una palabra de enemistad. ¡Vamos, que ni una palabra!

—¿Una prueba? Pues nada, su vestido —dijo Moritz—. Usted llevaba ayer el mismo vestido y se impregnó de olor a cine y a café derramado. No se ve la mancha porque el paño es oscuro.

—¿Y le voy a creer yo eso? ¡No sea usted ridículo! —volvió a ponerse las gafas—. En adelante haga el favor de no meter su nariz en vestidos ajenos. De lo contrario me enfadaré.

Y se marchó muy digna.

MORITZ dejó el carretón y la cartera y se encaminó hacia su casa. Estaba cansado, derrengado. El primer día de trabajo después de la gripe le había fatigado mucho. Su extraordinario olfato le procuró más disgustos que alegrías. En el autobús renunció al juego que había practicado por la mañana de oler a la gente, y ocupó su asiento, defendiendo su nariz con un pañuelo, hasta el momento de apearse.

—Hola, señor Nape —oyó unos pasos rápidos a su espalda; alguien le tomó la mano—. Sé algo sobre ti.

—Hola, Dula —contestó Moritz, alegre—. ¿Cómo sales tan tarde de la escuela?

—Es que ha durado un poco más.

—¿Para todos o sólo para ti?

—Sólo para mí —le miró a través de los mechones de su pelo con aquella mirada obstinada que él ya conocía.

—¡Ajá! ¿Y qué es lo que sabes sobre mí?

—Sé por qué te llamas Nape. NA-PE. ¡Porque tienes una NAriz de PErro!

Moritz se echó a reír.

—¿Y qué tal en la escuela?

—Como siempre. ¿Y a ti cómo te ha ido?

—No como siempre.

Le contó que podía oler las cartas. A Dula le pareció fantástico y quiso probar en seguida. Sacó de la cartera un sobre azul.

—Contiene algo desagradable, Dula —dijo.

—¡Claro! Las dichosas gafas de Birgit. Su padre es el que tendría que comprarle unas nuevas, no yo. ¡Yo no tuve la culpa!

Y le contó que la tonta de Birgit había chocado varias veces contra ella mientras jugaban al «Balón prisionero», hasta que tuvo que darle un empujón: un empujoncito de nada que no tira al suelo a nadie más que a la tonta de Birgit.

—¿Pero es que siempre tienes que estar empujando y peleándote, Dula? Yo creo que... —Moritz se paró de pronto—. ¿No hueles nada?

Ella movió su naricilla pecosa como un conejo curioso.

—No, nada.

—Huele a gas.

Pasó de la acera a la calzada, se puso a cuatro patas y husmeó el suelo.

Un coche pasó cerca de ellos haciendo rechinar los frenos.

El conductor tocó desesperadamente la bocina.

—Debe de ser debajo —dijo Moritz.

—¿Debajo del asfalto? —Dula se agachó junto a él.

—Sí, se sale el gas. A lo mejor ha reventado una tubería.

—¿Sin ruido? Si revienta tiene que hacer ruido.

—O será un escape. Ven, vamos a avisar.

Corrió con ella a la cabina telefónica más próxima. Estaba ocupada. Moritz golpeó el cristal. La señora de la cabina les volvió la espalda. El abrió la puerta.

—Por favor, debemos avisar, hay un escape de gas...

La señora cerró la puerta echando pestes. Moritz vio en la otra acera un policía que vigilaba los coches aparcados.

—Hay que avisar a la compañía de gas —le dijo Moritz, casi sin aliento—. Hay un escape.

—¿Dónde? —el policía se acercó—. ¿Aquí? Yo no huelo nada.

—Porque usted no tiene olfato de perro —dijo Dula—. Pero el señor Nape sí. Y si él lo dice es que huele. Y si huele es que hay un escape.

El policía se puso de rodillas. Ensanchó las ventanas de la nariz y aspiró el aire con fuerza. Moritz sentía el gas con tal intensidad que casi llegó a desmayarse.

—Es cada vez más fuerte —dijo—. Ha reventado una tubería. Hay que cerrar la llave general ahora mismo.

—Yo no huelo nada —repitió el policía—. ¿Cómo van a cerrar el gas precisamente ahora, a mediodía, cuando la gente está cocinando?

Se puso de nuevo en pie.

—¿Cómo se le ocurre decir esas tonterías? Váyase de una vez con ese cuento de tuberías reventadas que, si no, el que va a reventar soy yo.

Empezó a alborotar. Algunas personas se pararon, preguntando qué pasaba.

—Seguramente está bebido —dijo el policía—. ¡Qué barbaridad! Borracho ya a mediodía y delante de su hija...

—Yo no soy su hija —contestó Dula con mala cara—, y él no está bebido.

Allá lejos salía la señora de la cabina telefónica.

—Por fin —dijo Moritz.

Fue corriendo y llamó a la compañía del gas. Dula estaba a su lado.

—Vendrán en seguida, ya nos podemos marchar.

—¿Vendrán sonando la sirena? —preguntó ella—. Entonces yo me quedo. La sirena...

¡qué ilusión, me gusta mucho! ¿A ti no, señor Nape?

—No —contestó Moritz.

Se oyó el aullido de una sirena, y aunque Dula se resistía, Moritz se la llevó consigo.

4

AL ENTRAR en casa, Moritz olió que su madre había guisado carne con verdura. Desde aquel día volvía ella a trabajar en *El Cisne azul*.

Moritz encontró la comida en un puchero colocado sobre el fogón, y al lado un papel:

«Revuélvelo bien mientras se calienta. La compota, en el frigorífico».

En la mesa de la cocina, otro papel con una larga lista, desde mermelada de albaricoque hasta pasta de dientes: todo lo que debía comprar en el supermercado.

A Moritz no le gustaba ir al supermercado cuando tenía un olfato normal. Ahora... le espantaba lo que le esperaba, con su olfato actual, en aquella casa gigante de los mil olores.

Comió la carne con verdura del puchero y la compota del tarro. Luego, se quitó la ropa de trabajo y se puso un jersey y un pantalón cómodos y las zapatillas. Se hundió en el sofá y dejó que le venciera el sueño. El supermercado podía esperar.

UNA HORA después le despertó un fuerte timbrazo. Aunque el olor de la col caliente dominaba sobre los demás, Moritz supo desde el primer momento que Dula estaba afuera. Una Dula enfadada, terca, ofendida. Con la cartera a la espalda y Amanda bajo el brazo, aguardaba delante de la puerta.

—¿Me puedo venir a tu casa, señor Nape? Para siempre.

Quería entrar.

—¿Para siempre? —Moritz la detuvo.

—¡Me voy! No aguanto más en casa. Mamá siempre me está regañando.

—¿Por lo de la carta azul?

—Sí, por lo que pasó con las dichosas gafas. Y por haber llegado tarde a casa. Y porque no cree que tú tengas olfato de perro. Y porque dice que miento, que nadie puede oler a través del asfalto.

—¿Y sólo por eso te escapas?

—¡Sin que se entere nadie! —dijo muy orgullosa—. ¿Me dejas entrar? Porque tú eres mi amigo.

—No lo seré mucho tiempo si te vas de casa —Moritz se puso la bata y se calzó los chanclos de madera—. Ven que te lleve a casa.

Sacó a Dula al rellano y la llevó de la mano, aunque se resistía. Los chanclos resonaban en los escalones. Dula intentó desprenderse de su mano.

—No seas así, Dula. Ven, que mamá está preocupada.

Dula dejó de resistirse.

—¿De verdad? —cambió de cara y preguntó con interés—. ¿Hueles que ella está preocupada?

—Eso no lo huelo, pero lo sé. Y tú también lo sabes. Una madre se preocupa muchísimo cuando su hija se escapa de casa.

Moritz dijo delante de la vivienda del entresuelo:

—Llama tú, yo me subo a mi casa.

—No, por favor, quédate —se agarró con fuerza a su mano. La madre abrió la puerta y vio a su hija, con la cartera escolar y la tortuga, de la mano de un joven desconocido, en bata.

—Ya estoy aquí —dijo Dula.

—¿Te habías marchado?

Dula dijo que sí.

—Y éste es el señor Nape. Si quieres, olerá lo que sea. Así me creerás.

Dula los dejó solos y desapareció en el cuarto de los niños.

—Voy a hacer los deberes —dijo en tono suave.

—Con ella nunca se sabe —suspiró la madre, que se quedó pensativa junto a Moritz—. Es una niña difícil, lo ha heredado de mí.

A Moritz le pareció que la madre era amable; algo cansada y nerviosa, pero amable.

—Es un poco testaruda —dijo Moritz— y se disgusta con facilidad; pero a mí me gusta y...

Calló en medio de la frase. Husmeó con la nariz en dirección al cuarto de los niños, donde los gemelos dormían la siesta.

—¿Axel gritó mucho cuando usted le puso yodo en la rodilla? ¿O fue Otto?

La madre lo miró fijamente.

—Fue Axel —dijo con voz ronca—. Tuvo una caída.

—Huelo a yodo, a pomada y a una venda en la rodilla. La herida no es profunda y la rodilla sanará pronto —sonrió, tranquilizando a la madre.

—Así que Dula tenía razón en lo del gas... Y yo fui injusta con ella.

Entró en el cuarto de los niños y entreabrió la puerta para que Moritz pudiera oír cómo se disculpaba con Dula. No todas las madres saben hacerlo.

—Dulinka, este señor es un verdadero artista del olfato —dijo—. No estés enfadada conmigo. Debí haberte creído.

—Y yo no debí haberme escapado —dijo Dula—. Tú tampoco estés enfadada conmigo.

La madre le pasó la mano por el pelo y Dula se estiró con gusto, como un gato bajo la mano que lo acaricia.

«Va a empezar a ronronear», pensó Moritz, carraspeando un poco.

No podía quedarse más tiempo en el vestíbulo.

Creo que debo irme —dijo—. Voy al supermercado. ¿Puedo traerle algo?

Dula se adelantó:

—Espérame, señor Nape. Te acompaño.

Su madre hizo una larga lista de cosas que necesitaba.

MORITZ se detuvo delante de la puerta giratoria, husmeó el aire y palideció. Sintió en la nariz una mezcla confusa de toda clase de olores. Tuvo que sacar el pañuelo del bolsillo. Dula preguntó asustada:

—¿Estás malo? Por favor, no te desmayes, señor Nape. No sé lo que tengo que hacer si te desmayas... Aguarda, vuelvo en seguida.

Corrió a la sección de perfumería, tomó el frasco más pequeño del estante, corrió a la caja y preguntó:

—¿Puedo pasar? No tengo más que esto —y entregó a la cajera algunas monedas, para volver al lado de Moritz.

Le puso el frasquito abierto debajo de la nariz. Moritz no recordó haber olido en toda su vida un perfume tan malo.

—Gracias, Dula. Eres muy amable.

Le aumentó la náusea: olor a detergente y a queso Emmental, a salazones y a chocolate, a cera y a jarabe de frambuesas; y, encima, aquel perfume. Procuró sobreponerse.

—¿Te sientes ya mejor? —Dula le miró con angustia y él contestó que sí, con el pañuelo delante de la nariz.

Empujaron el carrito por los pasillos, cada cual con su lista en la mano. Iban tachando conforme adquirían los productos.

—«Un cuarto de kilo de embutido» —leyó Dula—. Pero, ¿qué clase de embutido?

Había ocho: embutido de cerdo, de vacuno, de hígado de ganso, con trozos de tocino, con trufa...

—¿Quién necesitará tanta variedad? —preguntó Dula.

—Nadie —contestó Moritz con la voz apagada por el pañuelo—. Vámonos de aquí.

Dula miró pensativa los diversos tipos de embutido, el hígado, la carne, los salchichones y los jamones. Cerca estaba la sección de quesos con docenas de variedades; y luego, montañas de mantequilla...

—En otros países hay gente que pasa hambre —dijo Moritz.

—¿También niños? —preguntó Dula.

—Sobre todo, niños.

Un hombre en mono de trabajo descargó una partida de mantequilla, llenando un estante. Media hora después volvería a hacer lo mismo. Aquello era Jauja, aquel maravilloso país donde, enterrando las patas de las gallinas que te comías, volvían a nacer las gallinas.

Siguieron, hasta que a Moritz sólo le quedó la palabra «café» en la lista. Los botes estaban alineados en una sección de muchos metros; había de todas las marcas y variedades, desde «Moca Súper» hasta la mezcla ordinaria. En cada bote se leía, en una etiquetita blanca, el precio. «Moca Súper» era el más caro. Moritz puso un bote de «mezcla ordinaria» en su carrito.

—Ya está, Dula. Vamos a la caja.

Dula hizo girar su pesado carrito y tropezó con una señora que cogía dos botes de «Moca Súper» del estante.

—Perdone... —Dula temió una regañina, pero la señora le sonrió y dijo alguna cosa amable relativa a un carrito tan pesado para una niña tan pequeña.

—Ha estado amable —dijo Dula después.

—Pero se lleva café adulterado —murmuró Moritz.

—¿Adulterado?

—En el bote pone «Moca Súper», pero dentro hay una parte de mezcla ordinaria, igual que en éste.

—Así que la señora paga el precio del caro y le dan mezcla barata... ¡Eso no está bien! ¡Es una injusticia! Se lo voy a decir.

Quiso alcanzar a la señora, pero Moritz la retuvo.

—Quédate aquí, ya no la encontrarás.

—Sí, la encontraré. Llevaba un vestido verde.

Dula empujó su carrito hacia la caja. Allí tuvieron que esperar y Dula se puso nerviosa. La gente avanzaba muy despacio.

Las cajeras tecleaban, las cajas traqueteaban, y la señora de verde no aparecía.

Al salir a la calle, Moritz respiró con alivio, a pesar de los coches.

—¡Puf!, qué supermercado... Estoy hasta las narices.

—Mira quién está ahí —gritó Dula—. La señora de verde.

Corrió hacia ella.

—Perdone, usted ha comprado una cosa adulterada. Esto..., o sea, que usted ha pagado de más —se le trabucó la lengua y no supo seguir.

La señora de verde miró extrañada a la tartamuda Dula.

—He comprado mi marca habitual, niña.

—Sí, pero la marca estaba adulterada —dijo Dula, nerviosa—. Sintió alivio viendo que Moritz acudía en su ayuda. Perdone, aquí está el señor Nape, que tiene un olfato «extra» y sabe que en su bote no hay «Moca Súper», sino mezcla ordinaria.

La señora de verde sacó su café de la bolsa. Lo olió, miró a Moritz y le pidió que la acompañase al supermercado.

El infeliz Moritz siguió sus pasos. Estaba un poco enfadado con Dula.

La señora de verde se dirigió a la caja e hizo la reclamación a la cajera. La cajera llamó al jefe de sección. Éste contestó en tono grosero, diciéndole a la señora que no perturbara el orden y que iba a llamar a la policía.

La señora de verde le devolvió los botes, diciendo:

—¡Llame a la policía, si quiere! Le denunciaré por fraude. ¡Si yo pago «Moca Súper», es que quiero «Moca Súper»! ¡Quédese usted con su mezcla!

El alboroto fue en aumento. Las personas que estaban en la cola comenzaron a protestar. Dula se escondió detrás de Moritz. Ella no había querido provocar semejante escena. También Moritz tenía ganas de esconderse, pero no sabía dónde. Por fin, el jefe de sección, furioso, llevó a la señora junto con Moritz y Dula al primer piso, donde estaba la dirección.

El director era frío y cortés.

—Para nosotros el cliente es el rey —dijo. Y mandó subir para el rey dos botes de café: un «Súper» y un «mezcla». La secretaria hizo café y lo sirvieron. Dieron a probar café de los dos botes a todos los allí presentes, en unos vasitos de cartón. Todos pusieron una cara muy seria.

—¡Saben igual! —dijo la señora de verde—. Esto no sabe al «Súper» que yo uso siempre.

El director probó una vez más y le dio la razón. Luego, se dirigió a Moritz para felicitarle por su olfato y presentó sus disculpas a la señora en nombre de la empresa.

—Los botes se llenan mecánicamente y ha debido de haber un error. Por supuesto que lo controlaremos y vaciaremos el estante. Usted recibirá su «Súper», además de un kilo gratis como compensación.

Habló largo rato. Dula lo entendió sólo a medias, pero lo bastante para enterarse de que Moritz había olido bien. Se sintió orgullosa y lo miró sonriente; pero él volvió la cabeza.

—Ya podemos marcharnos —dijo.

—Una pregunta más —dijo el director—. El señor, ¿es un experto?

—¿Experto en qué? Yo trabajo en Correos.

Moritz escuchó con sorpresa que había profesiones especiales para las personas de olfato fino: degustador de café, de té, de vino, etcétera. Una profesión rara y bien pagada. El director preguntó cuánto ganaba Moritz como cartero. Como degustador ganaría el triple. Le invitó a que lo pensara. Y le pidió las señas.

—No, gracias —contestó Moritz—. El oficio de cartero me encanta.

Se despidieron. La señora de verde regaló a Dula una tableta de chocolate.

EN LA CALLE, Moritz caminó al lado de Dula sin decir palabra. La niña intentó empezar una conversación.

—La señora de verde se ha alegrado mucho por nuestra ayuda.

Moritz siguió mudo.

—Digo que se ha alegrado mucho.

Ninguna respuesta.

—En realidad, el chocolate es tuyo, señor Nape. ¿Lo quieres? ¿O vamos a repartirlo entre los dos?

Moritz guardó silencio.

Dula se dio por vencida. Caminó callada detrás de él, y Moritz sintió un cierto olor a disgusto.

5

Por la mañana, camino del autobús, Moritz husmeó el cielo. Hacía calor a pesar de lo temprano de la hora, y la temperatura iría en aumento. Un tiempo nada agradable para los carteros.

En Correos le esperaba una montaña de folletos de propaganda. Algunos eran demasiado grandes para los buzones. Tendría que ir de casa en casa, de piso en piso, desde el entresuelo hasta la buhardilla. ¡La gente envía propaganda a toneladas!

El carretón era demasiado pequeño para tanto papel. Moritz tendría que hacer dos viajes o llevar la mochila... Ninguna de las dos soluciones era agradable con aquel calor. Mientras se lo estaba pensando, apareció la señorita Liane.

—Buenos días, señor Nape —olía a amabilidad, ¡qué raro! Tenía el periódico en la mano.

—Aquí hablan de usted. Escuche:

«¡Evitada una catástrofe! Gracias a un carte-
ro, ayer a mediodía pudo descubrirse a tiempo
un escape de gas. Gracias a su aviso se pudo
evitar una catástrofe, que hubiera podido ser de
grandes proporciones. El cartero, cuyo nombre
se desconoce, merece nuestro agradecimiento.
Por eso le rogamos tenga a bien presentarse en
la dirección de la Compañía de gas».

—¡Ya pueden esperar sentados! —dijo Moritz—. Yo no voy a ninguna dirección.
—¿Por qué no? Le darán un diploma o
una condecoración por haber salvado, quizá,
muchas vidas.
Le iba a contestar, pero ella le cortó con
una mirada al reloj.
—Empieza mi turno, señor Nape. ¿Quiere
que nos veamos en *Bürgerbräu* a la una? Allí
podremos hablar. En el jardín de atrás se
está muy bien, a la sombra.
—Mejor se estará dentro —dijo Moritz—.
A mediodía va a llover de lo lindo.
—¡Qué absurdo, señor Nape! He oído la
predicción del tiempo, y ni asomo de lluvia
—la señorita Liane se iba ya a su puesto,
pero se volvió de pronto; olía no sólo a
amabilidad, sino también a curiosidad—.
¿O es que usted huele también la lluvia?
Le miró a los ojos, y como Moritz no le dio
respuesta, ella le repitió:
—Bueno, a la una en *Bürgerbräu*. Hasta
entonces.

Moritz siguió inmóvil durante algunos minutos, hasta que se le pasó el desconcierto. Luego metió en el saco los folletos de propaganda y lo ató. No quiso entretener más a la señorita Liane.

ESTABA desconcertado, parecía perseguirle la mala suerte: aquel día todo fue más complicado que otras veces. Unos habían cambiado de dirección, otros estaban en el extranjero... La señora Mauermann le estaba esperando y lo llevó a la cocina sólo para decirle que seguía enfadada con él. Y un portero le entretuvo hablándole no sé qué de dos llaves que se le habían perdido.

Moritz sudó de lo lindo. Subió y bajó escaleras, preguntándose para qué se habrían inventado los ascensores, si sólo una de cada cuatro casas tenía ascensor. A mediodía se oscureció el cielo y cayó una fuerte tormenta. Llovió a cántaros y el agua corría abundante junto a los bordillos. Moritz recorrió a buen paso las calles inundadas, casi vacías de gente. Llegó empapado y sin aliento a *Bürgerbräu*.

La señorita Liane estaba mirando por la ventana y le hizo señas.

Se acercó a ella, empapado en agua, entre las mesas.

—Su nariz de adivino no se equivoca nunca —le dijo sonriendo—. ¿Quiere sentarse, señor Nape?

Le había esperado para comer, y los dos pidieron asado con patatas y guisantes. Moritz pidió, además, sopa para empezar. La señorita Liane no quiso sopa. Tampoco se tomó las patatas, sólo la carne y los guisantes.

—¿No tiene apetito? —le preguntó Moritz.

—No. ¿Cómo voy a tener apetito? Yo no estoy todo el tiempo como usted, pobre hombre, andando al viento y a la intemperie. Le compadezco, debe de ser usted muy infeliz.

La señorita le sonrió. Aquel día sonreía mucho. ¿Tendría que decirle Moritz que no se sentía infeliz, sino muy feliz? Ella le compadecía, pero Moritz no era ningún pobre hombre.

—¡Pero eso va a cambiar! —dijo la señorita Liane.

—¿Qué es lo que va a cambiar, si se puede saber?

—Eso de andar de aquí para allá. Con ese olfato, usted no se quedará en cartero.

Ayer, el director del supermercado; hoy, la señorita Liane. Todos querían, por lo visto, cambiarle de trabajo.

El camarero trajo el asado. Moritz lo encontró muy bueno; sólo un pequeño ingrediente, un condimento picante, le molestó un poco. La señorita Liane pidió una Coca Cola, pero cuando el camarero se la trajo,

prefirió un zumo de manzana; y cuando trajo el zumo de manzana, prefirió un zumo de naranja. El hombre volvió a la barra murmurando algo por lo bajo y arrastrando los pies.

—¿Qué le pasará? —le preguntó ella.

—Pues que le duelen los pies —contestó Moritz.

El camarero estaba junto a la barra, encorvado. Con una mano se apoyaba en un taburete y con la otra se frotaba la espalda. Luego volvió con el zumo de naranja. La señorita Liane sacó del bolso una cajita de pastillas.

—Yo uso esto contra el dolor de cabeza, pero también vale para otros dolores...

—Gracias, es que estoy fastidiado —dijo el camarero—. Casi no puedo tenerme en pie.

—¿No será apendicitis? —preguntó Moritz.

El camarero le miró a la cara. La señorita Liane miró a Moritz.

—¿Apendicitis? —preguntó el camarero.

—Sí; tienen que extirparle el apéndice. Debe ir al médico cuanto antes.

Una gata gorda y gris cruzó la sala. Se detuvo junto a Moritz y se restregó la espalda contra la pata de la mesa. Moritz se inclinó para acariciarla.

—¿Cómo sabe lo del apéndice? —preguntó el camarero—. Porque usted no es médico.

—Pero tiene olfato —dijo la señorita Liane.

Moritz acarició a la gata.

—Qué gorda está —dijo la señorita Liane.
El camarero recogió los platos sucios.

—No está gorda. Está preñada.

Moritz asintió.

—Mañana a estas horas tendrá cinco crías.

La señorita Liane esperó a que el camarero desapareciera en la cocina. Puso los codos sobre la mesa y dijo despacio, casi en tono solemne:

—Esto significa que el señor Moritz Nape puede oler no sólo las averías del gas, sino también las averías humanas; por ejemplo, una apendicitis. El señor Moritz Nape puede oler el pasado: sabe que yo estuve ayer en el cine. Y puede oler también el futuro: sabe que la gata tendrá mañana cinco crías. ¡El señor Moritz Nape podría ser detective, o de la patrulla anticontrabando en el aeropuerto, o...!

La señorita Liane ya no hablaba despacio y solemne, sino rápido y con entusiasmo. Moritz comía tranquilamente, pinchando los guisantes con el tenedor, uno a uno.

—En cuanto a lo del aeropuerto —continuó la señorita—, el señor Moritz Nape no sólo olería si alguien llevara armas, o drogas, o algo prohibido, sino también oro, o diamantes, o serpientes venenosas.

—Yo no creo que él vaya a hacer eso —Moritz apartó su plato—. Creo que preferirá seguir de cartero.

—¡No seas tonto! —la señorita Liane arru-

58

gó la servilleta de papel—. ¡El cielo te regala una gripe, y la gripe te procura un don fabuloso con el que puedes enriquecerte... y tú prefieres seguir de cartero! ¿Es que no tienes ambiciones?

Moritz se encogió de hombros. Le daba pena que la señorita se excitase tanto por él.

—Yo quiero que explotes tu don —dijo ella—. ¡Debes proponerte unos elevados ideales!

Moritz reflexionó. ¿Tenía él ideales? ¿Eran muy elevados? Le gustaría, es verdad, ganar un poquito más y tener unas vacaciones más largas. Y un caballo, y un barco velero, y un chalé en la montaña. Pero eran sueños que le proponía la televisión, no un fin concreto.

La señorita Liane esperó su respuesta. Moritz olió lo decepcionada que estaba y perdió el sentimiento de felicidad. En realidad debería sentirse contento porque ella le hablaba por fin de tú, y porque se preocupaba mucho de su porvenir, y porque parecía apreciarle mucho.

Pero Moritz no estaba contento. Algo no le supo bien. Como el condimento desagradable del asado.

Liane encargó un café exprés y, al servirlo el camarero, dijo:

—La cuenta. La de los dos, por favor.

Moritz sacó su cartera, pero ella le apartó la mano y dijo con una amabilidad exagerada:

—Deja, una funcionaria gana más que un cartero.

Esto hirió a Moritz, y pensó que, tal vez, empezaba ella a hartarse de él. Pero no: en la calle lo cubrió amablemente con su paraguas y le dijo que desde aquel día le iba a proteger de la lluvia y de muchas cosas más.

—Tú eres una buena persona, Moritz, pero sin ambiciones. ¡Necesitas alguien que te espabile!

La lluvia rebotaba en el paraguas. Ella lo bajó, tapando un poco sus cabezas, y dio a Moritz un beso.

Él puso cara de tonto, pero notó que volvía a ser un hombre feliz: el paraguas se elevó otra vez.

EN CORREOS todo el mundo trabajaba. Moritz concluyó su trabajo, puso en las cartas no distribuidas la advertencia «Domicilio desconocido», y llevó el carretón y la mochila a su sitio. Antes de volver a casa, decidió despedirse de su Liane, ventanilla 3.

Estaba muy ocupada. Moritz vio sus ágiles manos y oyó cómo atendía a la gente a base de preguntas y respuestas breves. Admiró su diligencia.

Un señor mayor le introdujo por la ventanilla un periódico doblado.

—Impresos —dijo.

Ella puso el periódico sobre la balanza.

—¿No hay nada escrito a mano?

—Sólo impresos.

Moritz se inclinó para husmear.

—Hay un billete entre las páginas —murmuró.

Él mismo no se explicaba por qué lo dijo. Probablemente, para demostrar a Liane que él también sabía ser diligente.

Liane miró con severidad al señor.

—¿Sólo impresos? —repitió la pregunta—. ¿Y el billete que usted quería enviar ilegalmente?

El viejo palideció y comenzó a tartamudear.

—Esto debo denunciarlo —dijo la señorita—. Venga a Dirección.

Colocó junto a la ventanilla un letrero que decía: «Cerrado momentáneamente».

—Pero, señorita... —se lamentó el viejo.

Moritz estaba desolado.

—Es sólo un billete de cincuenta, señorita. Es para mi nieto. ¡No me va a denunciar por un billete de cincuenta!

Casi lloraba. También Moritz estaba a punto de llorar.

—Liane, por favor —susurró—. Déjalo. No volverá a hacerlo.

—¿Cómo dices eso, Moritz? Enviar dinero en los impresos está prohibido. ¡La ley es la ley! Yo cumplo con mi deber.

Desprendía un olor a severo e inexorable.

—¡Vamos! —y cogió al viejo del brazo y se lo llevó consigo.

Moritz se quedó mirándolos. Luego miró al suelo, que estaba manchado con las huellas de muchos zapatos sucios. Abandonó Correos muy desanimado.

«Es verdad —se iba diciendo con pena—, ella cumple con su obligación. La ley es la ley. Ella es una empleada intachable y la razón está de su parte. Pero entonces, ¿por qué huele a injusticia?».

DULA estaba mirando la calle a través de los cristales empañados y le salió al encuentro cuando él subía para casa.

—Te he estado esperando, señor Nape.

—Escucha, Dula, estoy cansado y quiero acostarme. Además, no puedo entretenerme contigo todos los días.

Ella se detuvo y bajó la cabeza como si le hubiera dado un tortazo.

—¿Aún estás enfadado conmigo por lo del supermercado? Entonces me marcho. Esto es para ti.

Le entregó una hoja doble de un cuaderno escolar. En la portada decía: «Para el señor Nape», y tenía alrededor flores pintadas. En la página interior había, a la izquierda, una estupenda bruja, y a la derecha, pegado, el recorte de periódico que hablaba sobre el cartero que olió la avería del gas. En la página de atrás, Dula había pintado un corazón adornado también con florecitas.

—Gracias, Dula.

Estaban en el rellano del primer piso. Moritz olió las lentejas con tocino que le aguardaban en el cuarto piso.

—Bueno, hasta luego —dijo Dula—. ¿Te gusta lo del periódico?

—Me gusta más la bruja y el corazón. ¿Te apetecen lentejas con tocino? Yo ya he comido.

—Yo también. Arroz con leche. No quiero comer más.

Pero Dula se acordó del perro del portero. A Strupps le gustarían las lentejas con tocino. Subió al piso de Moritz, bajó el puchero, dio de comer a Strupps y volvió a casa del cartero. Éste se quitó la ropa mojada y Dula hizo el papel de ama de casa. Exigió que se pusiera calcetines secos, que se echara en la cama y se tapase. Le colocó dos almohadas debajo de la cabeza y dijo:

—¿Por qué no te gusta lo del periódico? Si vas a la policía, te darán una recompensa. Y entonces podrás comprar alguna cosa bonita. O hacer un viaje. Y, si te gusta, te quedas allí hasta que se te acabe el dinero. En una isla con palmeras y cocoteros y peces de colores... Ahora me voy para que puedas dormir.

—Quédate un poco. Siéntate ahí.

Dula se sentó. Juntó sus manos sobre las rodillas y preguntó:

—¿Tú no tienes una chica, señor Nape?

—¿Una chica?

—Una novia, o algo así.

Él se puso a reflexionar.

—Sí, creo que tengo una chica.

—¿Huele bien?

Moritz miró al techo y respondió indeciso:

—No siempre. A veces no huele como debiera...

—Entonces no puedes casarte con ella.

—¿Tú crees?

—¿Y yo? —preguntó Dula—. Huéleme —y se acercó, y rodeó su cuello con los brazos, y aplastó su naricita contra el pecho del cartero.

Moritz aspiró el olor de Dula. Tanto, que ella oyó el sonido de su respiración.

—Hueles a manzanas frescas —y tras una pausa—: A mí me gustan las manzanas. Sobre todo las manzanas frescas.

—Entonces todo va bien. Podrías esperarme y nos casaríamos.

Dula le rozó la mejilla y le entró risa porque sintió el picor de su barba.

—Tú estás soñando, Dula. Yo tengo casi el triple de años que tú —y Moritz se echó a reír.

Ella sacudió la cabeza.

—Ya los he contado. Una diferencia de

doce años no es tanto. El año que viene tendré nueve años, el siguiente diez, y con dieciséis ya me puedo casar. Para entonces casi te habré alcanzado: sólo cuatro años de diferencia.

—Pero Dula, ¿tú cómo cuentas? Yo también seré entonces más viejo que ahora. Cuando tú tengas dieciséis, yo tendré casi treinta. No querrás un marido tan viejo.

—¿Cómo que no? —le abrazó con todas sus fuerzas—. Y entonces viajaremos a la isla, ¿verdad? La de las palmeras y los cocoteros, y seremos como Robinsón. Yo llevaré un largo collar de corales.

—Y yo una barba larga —dijo riendo Moritz—. Yo construiré una casa, iré de caza y de pesca, y tú guisarás y lavarás la ropa.

Dula se puso seria.

—No hará falta lavar. Allí hará calor y no llevaremos nada.

—Aparte del collar de corales y la barba.

—Y la casa no la construirás tú solo; la construiremos entre los dos —dijo Dula—. Todo lo haremos juntos: pescar y cazar, guisar y jugar con nuestros hijos.

—¿Cuántos tendremos? —preguntó Moritz.

—Seis, tres chicos y tres chicas —Dula se levantó del sofá—. Ahora debes dormir.

—¿Me das un beso de despedida? —le puso la mejilla, pero ella le besó en su nariz milagrosa.

—¿Puedes olerte también a ti, señor Nape?

—No, sólo a los demás.

—Pero yo a ti, sí —dijo Dula—. Tú hueles a ti. A Moritz.

—¿A manzanas o algo así?

—Mucho mejor. Ahora, duerme.

Salió de puntillas y cerró la puerta con cuidado.

6

MORITZ no quería encontrarse aquella mañana con *su* Liane. Bueno, ¿era, realmente, *su* Liane? Decidió salir con el carretón lo más temprano posible. Pero sus compañeros habían decidido otra cosa. Le rodearon en plan de broma y le marearon a preguntas.

—Hola, Moritz. ¿Puedes pasar esta tarde por mi casa? Mi tía ha perdido la dentadura postiza; debe de estar en algún rincón, pero no la encontramos. Tú, con tu olfato...

—Hola, Moritz. ¿Puedes olerme a ver si tengo la solitaria y a ver qué longitud tiene?

Moritz se rió con ellos. Una risa un poco forzada, pero nadie lo notó. Sus compañeros no lo hacían con mala voluntad, y quizá la señorita Liane tampoco había tenido mala voluntad cuando contó a todo el mundo lo de su olfato prodigioso. Aunque Moritz había creído que la señorita guardaría lo relativo al olfato como un secreto profesional de Correos.

Se dio prisa en salir del edificio. Pero también la señorita Liane se dio prisa para salir. La vio en el vestíbulo. Moritz dio media vuelta, empujó la puerta de la sección de paquetería y se escondió en el almacén.

—Buenos días, Moritz —Liane se fue detrás de él, haciendo como que no se había fijado en su intento de huida.

La señorita sonreía como de costumbre, pero no olía como de costumbre. Además de los olores conocidos, Moritz sintió un desconocido olor a amistad sincera y verdadera. Esto le desconcertó mucho.

Los compañeros de la sección de paquetería llevaban de un lado a otro carretillas cargadas de paquetes. Moritz y la señorita los estorbaban en el camino; por eso se pusieron detrás de una fila de cajas apiladas.

La señorita Liane le cogió del brazo.

—Si tienes prisa, Moritz, no te entretengo. Sólo quiero decirte en dos palabras lo que ocurrió ayer en Dirección. Fue todo un éxito para ti y para mí. El director me alabó por mi diligencia, pero yo le dije que no fue mérito mío, sino tuyo. Me va a subir de categoría; a lo mejor me hace jefe de sección y hasta inspectora. ¿No te parece estupendo? No dices nada.

—¿Y qué pasó con el viejo?

—¡Ni idea! Eso no me interesa. En cambio hay otra cosa que sí me interesa.

Sacó del bolsillo un medallón adornado de abalorios: tres grandes perlas en el centro, una corona de perlas más pequeñitas alrededor, y otra de perlas diminutas en el borde.

—Es de mi vecina. ¿Puedes oler si son perlas auténticas?

—Yo ya no huelo nada más para ti —dijo Moritz.

—Pero, Moritz, ¿qué pasa? Olvida lo del viejo.

—¡No lo olvido! ¡Ni quiero olvidarlo! Tu vecina se puede informar en cualquier joyería.

—Claro que puede. Pero yo le he hablado de ti y le he dicho que me fío más de ti que de cualquier joyero. Las perlas pequeñas del exterior son, sin duda, auténticas. Pero, ¿y las de enmedio? Dímelo, Moritz.

Le puso delante el medallón.

—También son auténticas —dijo—. Y ahora me voy.

—Gracias. Mi vecina se va a alegrar. Te regala esto por tu trabajo.

Moritz vio un billete en la mano de la señorita Liane. Entonces volvió a oler a picante desagradable, como el día anterior. Sacudió la cabeza.

—Ya me imaginé que no lo cogerías —dijo ella, guardándoselo. Moritz sintió entonces un olor que casi le hizo desmayarse—. Hijo, no hay que ser tan honrado. Yo tengo una idea mejor. ¿Qué te parece si vamos a comer con ese dinero?

—No. En casa me espera la comida encima del fogón. Mi madre lo tomaría a mal.

Moritz asió el carretón, pero la señorita Liane le sujetó con fuerza.

—Moritz —dijo mientras desaparecían todos los malos olores—. Yo te quiero. Y lo que hago lo hago por los dos, para que un día seamos felices. Si tú no tienes ninguna ilusión, yo tengo una para ti: un piso bonito, un coche, una casita de campo.

Moritz volvió la cabeza y dijo para sí: «Primero caliente, luego frío, luego dulce, luego amargo... Es como para marearse. No soporto a una persona que cambia de olor cada cinco minutos...».

Sacó el carretón de entre las cajas, hizo una inclinación a la señorita Liane y salió a hacer su ruta.

CUANDO VOLVIÓ, a mediodía, había un papel en su casillero: el director quería hablar con él. ¡Vaya por Dios...! Moritz se pasó el peine por el pelo y el cepillo por su traje de faena.

—Adelante —dijo el director—. Hola, mi querido señor Nape. Siéntese, por favor.

Eso era una novedad. Otras veces tenía que quedarse de pie entre la puerta y el escritorio, y nunca le oyó un «querido» ni un «por favor». Tomó asiento y escuchó lo que la señorita Liane le había dicho el día anterior al director sobre el cartero Nape.

—Cosas prodigiosas —aseguró el director—. Ella está entusiasmada, y eso que es una persona razonable y tiene la cabeza fría.

Moritz le dio la razón. Sí, Liane era razonable y fría.

—Querido señor Nape...

El director se levantó. Era gordito y bajito. Detrás del escritorio parecía más alto que cuando se le veía de pie. Por eso volvió a sentarse en seguida.

—Querido señor Nape, este asunto me interesa. Si es verdad lo que dice la señorita Liane... en fin, en pocas palabras, que espero que no tome a mal que le haga unas pequeñas pruebas sobre las maravillas de su olfato, por favor.

Otra vez «por favor». A pesar de ello, Moritz se preguntó si tenía obligación, como cartero, de prestarse a esa prueba de olfato.

—¿Puede usted oler lo que hay en este cajón, señor Nape?

El director golpeó con los nudillos sobre la superficie del escritorio.

—Carpetas, papel, grapas, bolígrafos y una tableta de chocolate —dijo Moritz.

—¡Bravo! —el director se levantó otra vez, llevado por el entusiasmo. Paseó por el despacho. Se detuvo delante del perchero.

—¿Qué hay aquí, en el bolsillo izquierdo de mi gabardina?

—Una funda de gafas de sol, un pañuelo y una cartera. En el de la derecha están las llaves del coche, la llave de su casa y pastillas para la tos. Si me permite una observación, el señor director no debería tomar tanto dulce. El señor director tiene una caries en la muela del juicio superior izquierda.

El director se quedó sin palabras y le costó un rato serenarse.

—Apreciado señor Nape, estoy impresionado. Extraordinariamente impresionado. Creo que es un deber por mi parte comunicar lo de su nariz al director general.

—¿Para qué? —preguntó Moritz.

—Para que ponga su nariz a disposición de la Central. Por razones del bien común, claro.

—No, gracias, mi nariz no es una nariz pública. La tengo para mis fines privados. ¿Puedo irme?

El director no hizo caso de la pregunta.

—¿Y si le subimos de categoría? No va a chafar su porvenir...

El director hablaba exactamente igual que la señorita Liane.

—Gracias, pero no. Y ahora, si me permite retirarme...

—Señor Nape, usted es un cartero modelo. Uno de los mejores carteros que tenemos y muy querido por las personas mayores, a las que yo aprecio muchísimo. Y precisamente porque...

72

«Estás mintiendo —pensó. Moritz—. Me hueles a mentiras. Tú me consideras un mal cartero que descuida sus deberes, y tu preocupación por los ancianos es un cuento».

—... y precisamente porque yo le aprecio muchísimo a usted, señor Nape —dijo el director—, me gustaría que no se hundiera en la desgracia.

«¿Qué desgracia? —pensó Moritz—. Un cartero va de casa en casa y no se hunde en la desgracia».

El director se había sentado de nuevo detrás del escritorio.

—Yo le quiero bien, señor Nape. Me gustaría hacer algo por usted.

—Entonces dígame, por favor, qué fue del viejo de ayer, señor director. El abuelo ése que metió un billete de cincuenta en los impresos.

—¡Ah, pues lo denuncié! ¿Adónde llegaríamos si todos los abuelos del país enviasen a sus nietos dinero en los impresos? Me alegro de que usted lo oliera a tiempo.

—Pues yo no —dijo Moritz; hizo luego una inclinación de cabeza y se marchó.

7

DULA paseaba delante de su casa llevando a Strupps de la correa. Cuando llegó Moritz, se abalanzó para abrazarle; pero le soltó enseguida y le preguntó:

—¿Te molesto, señor Nape?

—¿Cómo se te ocurre decir eso?

—Mis padres dicen que si no te dejo en paz, me cogerás manía y luego ya no me querrás.

Moritz se echó a reír.

—Por ahora, aún puedo aguantarte.

—¿De veras? Y cuando empieces a no poder aguantarme, ¿me lo dirás a tiempo?

—Procuraré hacerlo. Pero, ¡cuidado, no ahogues al pobre Strupps!

Dula, sin darse cuenta, estaba enrollando en su muñeca la correa del perro y Strupps ladraba furioso. Era un perro independiente, que iba todos los días a buscar el periódico y no estaba acostumbrado a que lo atasen.

—¿Desde cuándo lo sacas tú a pasear? —preguntó Moritz.

Dula se puso colorada.

—Desde hoy. Era un pretexto para verte.

—Ajá. ¿Es que ha pasado algo?

Ella indicó con la cabeza que sí. Añadió:

—¿Tú puedes oler cuando alguien miente?

Moritz husmeó un poco

—¿Has mentido, Dula?

La niña olía correctamente: a manzanas verdes.

—Yo no, pero Birgit me parece que sí. Y también ha robado... seguramente.

—¿Qué es lo que ha robado?

—Dos cebras. En la clase de gimnasia, cuando nadie estaba en el aula.

—¿Dos cebras?

—Dos peces rayados de nuestro acuario. Birgit empezó a gritar y a decir que ella no había sido. ¿Quién iba a ser, si no?

Strupps tiraba de la correa. Moritz lo soltó.

—Con calma, Dula, cuéntame por orden lo que ha ocurrido.

Caminó a su lado y se detuvieron en los escalones, a la puerta de la casa. Strupps corrió a la calle, pero volvió pronto y olisqueó por el jardín de delante.

—Tenemos un acuario en clase —contó Dula—. Está encima de una mesa, junto a la ventana, con algunos gobios, unos peces de colores y cinco peces cebra. Y con plantas acuáticas y caracoles que trae Birgit. Birgit es la encargada del acuario.

—¿Y lo hace bien? —preguntó Moritz.

—Muy bien. Tiene un acuario en su casa y entiende de eso.

—¿Por qué iba a robar si ya tiene sus propios peces?

—Pero no tiene cebras. Hace poco todos oímos que decía mientras les daba de comer: «¡Cuánto me gustaría tener unas cebras así!».

—¿Y qué? —Moritz miró a Dula, sacudiendo la cabeza—. ¿Por eso ya sabes que los ha robado Birgit?

Señaló, a través de las rejas del jardín, la otra acera de la calle.

—¿Ves aquel coche?

—¿Aquel grande de color blanco? Muy bonito.

—Sí, muy bonito. Y si yo te digo que me gustaría tener un coche grande, de color blanco, bonito, y una hora después van y roban ése de ahí enfrente, ¿vas a gritar: «Ha sido Moritz, porque ha dicho que quiere tener un coche así»?

Dula se apartó un poco, para demostrar su enfado.

—Pero, señor Nape, ¿por quién me tomas? Eso no lo diré yo nunca de ti, porque nunca lo has hecho.

—A lo mejor Birgit tampoco lo ha hecho nunca.

—¿Quién va a ser, si no? ¿Y si ella estaba en la clase durante la gimnasia y pescó las cebras?

Moritz le preguntó cosas sobre la clase de

gimnasia. Todos estaban en los vestuarios cuando Birgirt notó de pronto que se había olvidado el pantalón de gimnasia. «Voy corriendo a traerlo», dijo, pues vivía muy cerca. Salió afuera, aunque está prohibido, pero tardó mucho en volver. Después de la clase de gimnasia, cuando los niños volvieron a la escuela, Dula fue a mirar el acuario y se dio cuenta de que en lugar de cinco cebras había sólo tres.

—Figúrate, señor Nape, habían desaparecido dos.

—Y tú tocaste en seguida la campana de alarma.

—No toqué ninguna campana. Llamé a los otros y tú habrías hecho igual, señor Nape. Son *nuestras* cebras, ¿comprendes?

—¿Y luego?

—Luego, Gregor nos enseñó una red de pescar. La red estaba mojada. Gregor dijo: «Alguien la ha usado hace poco, el que cogió las dos cebras». Entonces todos miraron a Birgit y ella empezó a protestar: «¡Yo no he sido! ¡Yo no he sido!». Entonces Verónica dijo: «Claro que fuiste tú. ¿Dónde estuviste tanto tiempo durante la clase de gimnasia? Fuiste a coger el pantalón y a robar las cebras. Tú las sacaste con la red y las llevaste a casa en un frasco de mermelada».

—¿Un frasco de mermelada? —preguntó Moritz.

—Sí, los usamos para limpiar los pinceles.

En nuestra casa hay, encima de la alacena, muchos frascos de mermelada.

Volvió Strupps haciendo fiestas y puso la cabeza en la rodilla de Dula.

—¿Y qué más? —preguntó Moritz.

—Nada más. Eso fue en el último recreo. Y luego Birgit cogió su cartera y se fue antes de la última clase.

Dula acarició a Strupps en el cuello.

—Eso fue todo, ya lo sabes, señor Nape.

—Sí, ahora ya lo sé. ¿Y yo qué tengo que hacer aquí?

—Oler si Birgit miente. He pensado que podemos ir a su casa y... —Dula se cortó de pronto—. Bueno, sólo si tú quieres, señor Nape. Y si no te molesta.

Moritz se levantó. Estaba cansado y tenía hambre, y la comida le esperaba sobre el fogón.

—Ven —dijo, tomándola de la mano—. ¿Por qué no vas sola a casa de Birgit y miras los peces de su acuario?

—Porque prefiero ir contigo, señor Nape —le cogió la mano, se la llevó a la mejilla, le dio la vuelta y le estampó un beso en la palma.

—Pero, Dula, ¿qué estás haciendo?

—¿Es que no se puede? —preguntó—. ¡Claro que se puede!

LA CASA de Birgit tenía portero automático. Antes de que Dula encontrase el botón se abrió la puerta y salió una niña con un frasco de mermelada en las manos. En el frasco se movían dos peces rayados de color amarillo y negro.

—¡Birgit! —Dula se quedó un momento con la boca abierta—. ¿Vas a devolver *nuestras* cebras?

Birgit se puso furiosa.

—¡Son mías! —dijo. Le temblaba la voz y le temblaba el frasco en la mano—. ¡Las compré con mi dinero!

—¡Estás mintiendo! —y Dula se lanzó tan furiosa sobre ella, que Birgit retrocedió—. Son *nuestras* cebras; eso lo puede ver cualquiera.

—¡Dula! —dijo Moritz en tono severo. Tuvo pena de Birgit. La niña tenía la cara hinchada y llorosa. Sobre su nariz llevaba unas gafas viejas. La armadura de níquel estaba envuelta con un esparadrapo de color rosa. Llevaba el pelo recogido en cola de caballo. Moritz no necesitó esforzarse mucho para olerla. Birgit olía a llanto de muchas horas y a desesperación; olía a decisión difícil; olía a todo menos a mentira.

—Las cebras son suyas, Dula —dijo.

Ella no quiso creerlo.

—Entonces, ¿por qué las trae a la escuela? —preguntó Dula, agresiva.

Birgit empezó a llorar de nuevo.

—¡Porque todos vosotros sois unos groseros! ¡Porque yo no aguanto que toda la clase esté contra mí! Prefiero daros mis cebras antes que...

El frasco le temblaba en la mano y las dos cebras se movían con el vaivén del oleaje.

—Quería llevarlas en secreto a clase. Nadie lo hubiese notado. Y ahora... —Birgit se limpió las lágrimas; le resbalaron las gafas empañadas y casi se le cayeron al suelo.

—Y ahora —dijo Moritz— ha aparecido Dula y tú crees que te va a delatar. Pero ella no lo hará. Nadie sabe una palabra, ¿verdad, Dula?

Dula respiró hondo antes de decir que sí.

—Dame el frasco, Birgit —dijo Moritz—. Nosotros te acompañaremos.

El colegio estaba abierto porque algunas tardes había clase para algunos grupos. El conserje les entregó la llave haciendo una excepción.

El sol entraba de refilón por las ventanas. Sus rayos producían en el acuario unos reflejos de color verde. Entre las plantas nadaban los gobios, los peces luminosos... y cinco cebras.

Birgit cogió el frasco que tenía Moritz y lo acercó al borde.

—Alto —dijo Moritz— ¿Es que queréis tener siete cebras?

—¿Cómo siete...?

Dula miró el acuario y contó las cebras. Por cada cebra levantaba un dedo.

—¡Cinco cebras...! ¿Vosotros entendéis esto? —preguntó, volviéndolas a contar. Birgit llevó sus dos peces hasta la primera mesa de la clase, y allí se sentó, juntando las dos manos alrededor del frasco de mermelada.

—Ahora no te pongas a gritar otra vez —dijo Dula; luego se lo pensó—: Disculpa, Birgit. Y ahora tan amigas, ¿verdad?

Birgit se encogió de hombros. Ella no cambiaba tan rápido.

Dula volvió al acuario.

—Pues, a pesar de todo, no lo entiendo. Primero estaban, luego habían desaparecido, y ahora están otra vez. Alguien ha debido de entrar aquí...

... durante la clase de gimnasia —concluyó Moritz—. Se llevó dos cebras, luego se arrepintió, y después de clase las volvió a traer. ¿Tan difícil es de comprender?

—Pero, ¿quién ha sido? —preguntó Dula—. ¿Uno de los que se sientan aquí? Ven, señor Nape, tú puedes oler...

—¡No! —dijo Moritz con firmeza, porque pensó que, a ese paso, le iba a pedir que husmease por toda la escuela—. Esto se acabó.

—¡No se acabó! Es un ladrón y...

—¡No es un ladrón! —dijo Birgit—. Un verdadero ladrón retiene lo que roba. El nuestro lo ha devuelto.

Moritz se fue hasta el primer banco.

—Has dicho bien, Birgit —y le acarició el pelo.

Dula la miró con malos ojos.

—¡El buen ladrón! —dijo—. Ahora podemos marcharnos.

Salió de la clase muy orgullosa, con la cabeza levantada. En la calle caminaba dos pasos por detrás de los otros dos, y cuando Birgit se despidió delante de su casa, ella apenas la saludó.

Dula estaba de mal humor. Siguió terca detrás de Moritz, hasta que éste se volvió hacia ella.

—¿Por qué la acariciaste? —refunfuñó.

—¿Acariciarla? —Moritz reflexionó largo rato, hasta que recordó que había acariciado el pelo de Birgit.

—Escucha, Dula. Birgit es una niña buena y yo acaricio a quien me da la gana. ¿Está claro?

—Pero...

—Nada de «peros». Déjate de celos tontos —se inclinó hacia ella y la olfateó, aspirando con ruido—. ¿Sabes a qué hueles?

—¡A manzanas! —respondió ella, gruñendo.

—¡Y a asno terco! Muy poco a manzanas y mucho a asno.

—¿Y cómo huele un asno terco?

—Muy mal. Me mata la nariz. Sé buena y tápamela, Dula. Los asnos tercos me atacan los nervios.

8

EN LOS DÍAS siguientes no ocurrió nada de particular. Salvo el miércoles.

El miércoles era el día de descanso en *El Cisne azul* y la señora Nape no salió de casa. Se sentó en la sala de estar, a hacer punto. Cuatro pisos más abajo, Dula estaba en el cuarto de los niños y hacía los deberes. Estuvo mirando por la ventana por si veía a Moritz, pero sin resultado. Tenía que haber pasado por delante de su casa, y seguramente ya estaría arriba. Ella sólo quería darle las buenas tardes, preguntarle: «¿Qué tal estás, señor Nape?», y consultarle sobre el tiempo que haría pasado mañana, pues era día de excursión.

La señora Nape se extrañó al oír el timbre. Eran las tres de la tarde; ¿quién podía venir de visita a esa hora? También Dula se extrañó al ver que en lugar de Moritz salía a abrir su madre, con las agujas de hacer punto en la mano.

—Buenas tardes —dijo la señora Nape—. ¿Quieres entrar, tesoro?

A Dula no le gustaba que la llamasen «tesoro».

—Yo me llamo Cordula.

—Bueno, pues entra, Cordula. Moritz no está, pero nosotras dos podemos charlar un poco. ¿No te parece?

Sí, a Dula le pareció bien. Siguió a la señora Nape hasta la sala de estar, se sentó en el borde de la silla, balanceó las piernas y se fijó en las agujas de hacer punto de la señora.

—Va a ser un jersey para Moritz —aclaró la señora Nape—. Dentro de poco es su cumpleaños.

Dula dejó de mover las piernas.

—¿Cuándo es?

—El sábado de la semana que viene. Estás invitada, Cordula.

La señora Nape sonrió amablemente. Dula sonrió también y se puso otra vez a balancear las piernas.

—Puede usted llamarme Dula, si no le molesta. Él también me dice Dula y no Cordula.

—Porque es amigo tuyo...

—¡Mi amigo íntimo! —confirmó Dula con orgullo—. ¿El jersey es para darle una sorpresa?

La madre contestó que sí.

—A menos que lo haya olido. Pero no me ha echado ninguna indirecta. Será que no quiere desilusionarme. Es muy delicado para estas cosas.

«Delicado». A Dula le pareció una palabra bonita; resbalaba por la lengua como la seda.

—¿Usted cree que yo también soy delicada?

—Naturalmente. Antes has dicho «si no le molesta». Eso sólo lo dicen las personas delicadas. Las personas bastas, ni hablar.

Dula confesó que la idea no había sido suya, sino de sus padres.

—Eso no importa —la consoló la señora Nape—. La delicadeza no tiene por qué ser una cualidad innata. Se puede aprender.

—Pero en el señor Nape es innata, ¿verdad? Él, de niño, fue delicado, seguro.

—Llorón sí que era...

La señora Nape sacó un álbum de fotos del cajón de la cómoda.

—¿Quieres ver cómo era entonces?

El álbum estaba forrado de piel. En la tapa ponía con letras doradas: NUESTRO HIJO.

La primera foto era de una granja. Junto a la tapia estaban un hombre joven y una señora joven, y los dos reían. La señora tenía el vientre muy abultado. Debajo se leía: «Moritz, con menos ocho días».

Dula tuvo que reprimir la risa. Le hizo gracia la fotografía de un niño que aún no existía. Bueno, sí existía, pero aún no había nacido. Tenía que preguntar en casa si había fotos de ella y de Axelotto como aquélla.

Dula señaló a un hombre joven.

—¿Éste es su padre?

—No, es mi hermano —dijo la señora Nape—. Moritz no tiene padre. Bueno, claro que tiene, porque no hay niño sin padre, pero no se preocupó de nosotros, se fue; yo crié sola a Moritz.

A Dula le hubiera gustado dar una respuesta delicada, pero no se le ocurrió ninguna. Fotos de Moritz en la granja, Moritz con el perro y el gato, Moritz con dos cerditos, Moritz en el establo, Moritz con una gallina blanca en el brazo, Moritz a caballo, Moritz en el tractor.

Cuando Moritz tenía seis años, su madre fue a vivir a la ciudad. En las fotos siguientes se le veía con gorrito de colegial, con un globo, con una vela en la primera comunión... Dula siguió hojeando el álbum. La señora Nape miraba las fotos de refilón, sin interrumpir su trabajo.

—Fue siempre un niño guapo —dijo emocionada.

Dula se calló que no le gustaba el Moritz del «globo, ni el de la vela». No le gustaba Moritz de niño. Se alegró de no haberlo conocido entonces. Aquel niño era parecido a los demás niños; ¿cómo se podía comparar con el señor Nape?

—¿Y ya entonces tenía lo del olfato?

—No. Era como cualquier otro niño —dijo la señora sin dejar de hacer punto—. Muy normal. Nunca tuvo nada de particular.

—Pero ahora tiene algo de particular —dijo Dula—. ¿Sabe usted que puede oler cosas que hay debajo del suelo?

—Sí, salió en el periódico. Sin poner su nombre, gracias a Dios.

—¿Y usted sabe que huele lo que hay dentro de las cartas? ¿Y el tiempo que va a hacer? ¿Y las crías que va a tener una gata?

—¿Ah, sí? Eso no me lo había dicho. Seguramente, para que no me preocupase.

—¡Porque es delicado! —dijo Dula—. ¿Y sabe que tiene una chica?

—¿Una chica? —la señora Nape dejó de hacer punto—. ¿Quién es? ¿Tú la conoces?

—No. Y a lo mejor no es su verdadera chica. No huele como debe oler.

Dula siguió hojeando el álbum. La que más le gustó fue una foto en la que Moritz aparecía, a los doce años, del brazo de un amigo.

—Ése se llama Eric —dijo la señora Nape—. Vivía aquí al lado, y estaban siempre juntos; jugaban al fútbol, remaban... tenían una verdadera amistad. Pero Eric se marchó luego a otra ciudad.

Las agujas se pusieron otra vez en movimiento.

Dula terminó de ver el álbum y dijo que debía marcharse a casa para hacer los deberes. Y dio las gracias por la invitación de cumpleaños.

En las escaleras comenzó a pensar en el

regalo que podría hacerle, pero no se le ocurrió nada especial. Tampoco mientras hacía los deberes, ni cuando Axelotto abrieron la cortina azul diciendo «miau» y pidiendo que los acariciase porque eran gatos. Sólo por la noche, en la cama, le vino la solución: regalaría a Moritz un libro, un libro que se llamaba *El hombre del oído fino*.

LA SEÑORITA LIANE se informó en la sección de personal sobre el cumpleaños de Moritz. Primero pensó comprarle una corbata, pero acabó decidiéndose por una bufanda color rojo oscuro con rayas gris perla. Por el momento era más que suficiente para Moritz, dado el ambiente en que se movía. Cuando, con su ayuda, ascendiera de categoría y se moviera entre gente importante, entonces vendría la corbata. La señorita Liane guardó el regalo en casa. Se mostraba muy amable cuando hablaba con Moritz, y éste la escuchaba con gusto. Sólo le seguía molestando aquel olor especial. «A lo mejor me acostumbro con el tiempo —pensaba—. Todo el mundo tiene algún defecto. Cuando algo no me guste de ella, volveré la nariz a un lado y sanseacabó».

DULA esperó con ilusión el cumpleaños de Moritz. El sábado tenía en sus manos el regalo. Pero mientras estaba envolviéndolo y adornándolo con una cinta bonita, entró su padre en el cuarto.

—Hijita, ¿recuerdas que esta tarde tienes que cuidar de los gemelos?

—¡No! —gritó Dula. Dio una patada a la pobre Amanda, que salió disparada—. ¿A los gemelos? ¡No lo haré!

—Sí lo harás. Lo vas a hacer por mí. Nuestro nuevo director nos va a recibir a todos los empleados y debemos ir acompañados de nuestras esposas; por desgracia, sin los niños. Una recepción así es importante. Sería una descortesía no acudir. Tú ya eres mayor y lo bastante lista como para comprenderlo.

—¡Yo también debo ir a una recepción! —dijo Dula, enfadada—. Mi señor Nape celebra su cumpleaños y eso es importante. Y sería una descortesía mucho mayor si yo no acudiese.

—¡Pero es que puedes ir, hija! La señora Nape ha dicho que puedes llevar a Axel y a Otto. Ella lo está deseando.

—¡Pero yo no! —protestó Dula—. ¿Qué pasará si los dos se pelean y molestan a mi señor Nape? Además, ellos no tienen ningún regalo de cumpleaños que llevarle.

—Sí tienen —dijo la madre desde la puerta—; estos dos jabones con figuras de animales que están sobre la cómoda. Aquí tienes camisas y pantalones limpios para Axelotto. Se los pones cuando se despierten. Y tú, Dula, arréglate bien. Te pones el vestido de lunares, que te está muy bien.

—No. Ese vestido es ridículo. ¡Iré en pantalón vaquero!

—Como quieras —dijo la madre.

El padre se contentó con suspirar.

Cuando se marcharon, Dula cogió su tortuga, la dejó en la cama y la tapó con cariño.

—Perdona, Amanda.

Luego se puso el vestido de lunares y se peinó delante del espejo hasta convertirse en una niña fina, casi desconocida. Cogió un puchero de la cocina y lo arrojó al suelo con todas sus fuerzas para que Axelotto se despertasen de una vez. Los vistió en seguida y los tres subieron con sus regalos a casa de los Nape. Los gemelos parecían principitos con sus camisas y pantalones blancos como la nieve. Axel llevaba un conejo de jabón; Otto, un perro de jabón, y Dula, su libro.

Moritz se había puesto el jersey nuevo, que era demasiado grueso para el calor que hacía. Desenvolvió los animales de jabón, los olió y dijo:

—Nunca me había lavado las manos con un conejo ni con un perro. Lástima que, al usarlos, se irán haciendo cada vez más pequeños.

Los dos gemelos pegaron un grito: sus

animales no debían hacerse más pequeños, de ninguna de las maneras. Axel exigió que le devolviera su conejo, y Otto su perro. Los dos berrearon hasta que la señora Nape les obsequió con pasteles y chocolate.

Moritz abrió también el regalo de Dula. En la portada se leía: *El hombre del oído fino*, y aparecía pintada la Luna con unos mofletes redondos y colorados y grandes orejas de burro.

Dula le dijo a Moritz en voz baja:

—He elegido un cuento de un hombre con oído y no con olfato fino, para que nadie sepa que se trata de ti.

Moritz empezó a leer: «Érase una vez un hombre que podía oír todo con sus oídos, aunque el ruido fuese muy suave y estuviese muy distante. Oía los latidos del corazón de un ratón que anduviese por el sótano. Oía cuando un gusano daba los buenos días a su señora gusana. Oía lo que hablaban los peces, y las arañas, y los caracoles, y de noche oía lo que decían las estrellas...».

Moritz miró las ilustraciones y se puso a contar las patas de las arañas. De pronto sonó el timbre. Husmeó el aire, se puso colorado y salió. Dejó el libro de Dula sobre la mesa.

Una voz de mujer dijo en la antesala:

—Muchas felicidades por tu cumpleaños.

—¿Quién será? —murmuró la señora Nape—. No hemos invitado a nadie más, y los parientes vendrán por la noche.

Dula supo en seguida que era la señorita Liane. Moritz la acompañó a la sala. Saludó a la señora Nape y su sonrisa llegaba desde la puerta hasta la ventana.

—Me alegro mucho de conocer a la madre de nuestro querido Moritz.

«¡*Nuestro!* ¡Como si fuese de ella!», pensó Dula.

Los gemelos se habían comido todos los pasteles y el chocolate, y ya no parecían tan principitos ni tan blancos como antes. Se bajaron de las sillas y se pelearon otra vez por los animales de jabón. Cada uno cogió el del otro, Axel el perro y Otto el conejo, y empezaron a gritar.

La señorita Liane se tapó los oídos.

—¡Qué gritos, Moritz! ¿No hay modo de despachar a esos monitos?

Dula saltó furiosa:

—¡No son monos, son mis hermanos! —y luego, a Axelotto—: ¡Venid, que nos vamos!

Moritz estaba junto a la señorita Liane y miró su regalo, muy sorprendido.

—¡Qué bufanda tan elegante! —dijo la señora Nape.

—Demasiado elegante para mí —dijo Moritz.

Dula cogió el libro *El hombre del oído fino* y sacó a los gemelos de la habitación; iban llorando.

93

La señora Nape se le acercó.

—No le des importancia, Dula. La señorita está nerviosa... Vuelve mañana y nos comeremos la tarta juntos.

Dula sacudió la cabeza sin decir una palabra y cerró los ojos para no derramar lágrimas. Pero las lágrimas vinieron y le resbalaron por las mejillas. Los gemelos enmudecieron al ver que su hermana lloraba.

Bajaron despacio las escaleras. Dula llevaba su libro apretado bajo el brazo. Le hubiera gustado echar a correr, pero sus hermanos eran demasiado pequeños. Bajaron las escaleras peldaño a peldaño y se pararon en el rellano. Cuando estaban en el tercer piso, se abrió la puerta de arriba y Moritz corrió hasta ellos:

—Dula, ¿dónde está el regalo que me has hecho?

—No lo necesitas. ¡Ya tienes esa cosa roja de tu señorita!

—Claro que lo necesito —le quitó el libro y lo escondió debajo del jersey—. ¿Ya estás otra vez enfadada, Dula?

Inclinándose, la besó en las dos mejillas, que estaban húmedas por las lágrimas.

Cuando Moritz volvió a la sala de estar, olió en seguida que le esperaba un disgusto.

La señorita Liane se sentó a la mesa y sacó de la cartera un manojo de cartas.

—¿Para quién son? —preguntó la señora Nape.

—Para Moritz. Son las respuestas a su anuncio.

—¿A *mi* anuncio? —miró asombrado a la señorita Liane, mientras ella les enseñaba un anuncio del periódico:

«*¿Preocupaciones en sus negocios? ¿Problemas en su vida privada? ¡Un ser superdotado garantiza su futuro!*

Gracias a sus extraordinarias facultades, verá su pasado, su presente y su futuro, le alertará sobre los peligros que corre, y le indicará las medidas a tomar.

¡Éxito garantizado! ¡Rigurosamente científico! ¡Estrictamente confidencial!».

—¡Pero, Moritz! —dijo la señora Nape—. Yo en tu lugar no habría mandado esto al periódico.

—Yo tampoco —dijo Moritz—. Liane, ya podías haberme preguntado, por lo menos, si me parecía bien...

—¿Y cuál habría sido tu respuesta? Que no te gustaba —la señorita se echó a reír, despreocupada—. Yo prometí ayudarte, y lo que prometo lo cumplo.

Moritz miró a su madre, y la señora Nape miró a Moritz.

La señorita Liane señaló las cartas.

—Como ves, hay mucha gente que se interesa por ti. Aunque entre ellos hay muchos frescos. Gente sin ninguna garantía. ¿Hay por aquí una papelera?

Moritz trajo una del cuarto contiguo.

—¿Qué es lo importante y qué es lo no importante? —siguió—. Muy sencillo: importante es ¡lo que puede darnos dinero!

Tomó la primera carta y le echó un vistazo.

—Un guarda forestal que tiene algunos árboles enfermos. Pregunta si eres capaz de conocer un árbol enfermo a tiempo, antes de que pueda contagiar a los otros —la señorita Liane sostuvo la carta sobre la papelera—. ¡Sin importancia! —y la dejó caer.

—¿Que los árboles no tienen importancia? —preguntó Moritz.

—Por favor, Moritz, un guarda forestal no puede darnos dinero...

Ya tenía otra carta en la mano.

—Una vieja profesora que olvida siempre a quién ha prestado sus libros. Te pide que averigües quién los tiene... ¡Sin importancia!

La carta fue a parar a la papelera.

—¿Los libros tampoco tienen importancia? —preguntó de nuevo Moritz.

—¡Bah! Otro tipo raro: éste ha perdido el paraguas y quiere saber... ¡A la papelera!

Siguieron cartas relativas a perros y gatos extraviados y a periquitos escapados de las jaulas. Dos inventores preguntaban si sus últimos inventos tenían posibilidades de éxito. ¡A la papelera! Un futbolista quería saber los goles que iba a meter en el próximo partido.

¡A la papelera! Un literato quería escribir una novela, tenía ya el final, pero le faltaba todo lo demás.

—¡Ridículos! ¡Insignificantes!

La señorita Liane, suspirando, abrió la siguiente carta.

—Otra ridiculez. Un mago te envía dos entradas para su espectáculo y desea conocerte.

La carta y las entradas fueron a parar a la papelera, que se iba llenando poco a poco.

—¿Y esto? Dos novios que quieren saber si están realmente enamorados y si el otro le quiere. ¡Sin importancia! ¡A la papelera! ¡Ah!, aquí hay algo más interesante: un par de ofertas que hablan de dinero. Primero, un viejo conde que busca desde hace veinte años un tesoro en su castillo derruido; si se lo encuentras, te da la mitad. Esto podría valer la pena. Aquí, la carta del dueño de unos viveros. Tiene cientos de sacos de bulbos de tulipán, y desearía clasificarlos por el color que tendrán sus flores cuando salgan: rojo, amarillo, lila, etcétera.

Moritz suspiró por lo bajo.

—¡Basta, Liane, por favor! Viejos condes, tesoros, tulipanes..., ¿qué tengo que ver yo con todo eso?

—¡Se trata de dinero! —exclamó impertérrita. Y continuó—: La carta más interesante llega del director de unos Grandes Almacenes. Quiere hablar personalmente

contigo. Tal vez necesite un detective contra los robos.

—¡Yo no quiero saber nada de eso! —Moritz se sintió cada vez más incómodo en su silla.

—¡Pero ofrece un buen dinero! —dijo la señorita Liane.

La señora Nape no podía seguir allí más tiempo.

—Tengo que ir a la cocina para preparar la cena —dijo, señalando el reloj de pared—. Si no, llegarán los parientes antes de que esté lista la mesa.

La señorita Liane se ofreció a ayudarla. Aderezó la ensalada, adornó el plato de fiambres y enseñó a Moritz a doblar las servilletas con finura. Los invitados llegaron puntuales y la señorita Liane estuvo toda la noche tan amable que los parientes se decían:

—A Moritz no podía caerle en suerte nada mejor que esta señorita Liane.

Era muy tarde cuando se marcharon.

Moritz se quedó solo. Entonces sacó de la papelera las dos entradas del mago.

«Dula, nos iremos los dos —se dijo en voz alta—. ¡Números de magia! ¡Lo que nos vamos a divertir!».

9

LA TARDE SIGUIENTE, la señorita Liane consiguió que una compañera la sustituyese, para poder ir con Moritz a los Grandes Almacenes. Él se dio prisa para repartir la correspondencia, volver a casa, despachar la comida, ducharse y ponerse una camisa limpia con la bufanda nueva. Al salir de casa vio a Dula sentada en el alféizar de la ventana.

—¿Adónde vas corriendo, señor Nape? Espera, que te acompaño —y quiso saltar al jardín.

—No tengo tiempo, Dula. Otra vez será, ¿eh?

Pero ella saltó. Cuando Moritz volvió la cabeza, vio que estaba en la puerta del jardín, mirándole.

LA SEÑORITA LIANE lo esperaba frente al Almacén. Vestía traje de chaqueta y un

pequeño sombrero; Moritz podía estar orgulloso de su acompañante.

Pero no, no estaba orgulloso; más bien
deprimido y contrariado por lo que pudiera
ocurrir.

El Almacén tenía cinco plantas. Las ofici-
nas se hallaban en el piso superior, y allá
subieron en ascensor.

En el quinto piso había un pasillo con
muchas puertas. La señorita Liane llamó a
una de ellas, en la que se leía «Dirección».
Dos hombres jóvenes estaban sentados ante
sus escritorios; uno con la cara congestiona-
da; el otro, pálido y nervioso. La estancia olía
a la bronca que los dos habían recibido
momentos antes. El pálido llevó a Moritz y a
la señorita Liane al cuarto contiguo, donde
olía igual, y donde una secretaria con cara
de haber llorado se sentaba delante de otro
escritorio.

—Tenemos una cita —dijo la señorita
Liane.

La secretaria los condujo a la sala de
espera. Era grande y luminosa, con vidrieras
que daban a una terraza-jardín. Dos señores
estaban sentados en unas butacas de cuero
frente a una mesa baja en la que estaba el
periódico con el anuncio de Moritz marcado
en rojo. Uno era delgado, el otro grueso. El
humo azul de los cigarrillos llenaba la estancia. Moritz olió el humo y averiguó que el
olor a bronca de los despachos anteriores

venía del señor delgado. Debía de ser el director. Olía a persona malhumorada, descontenta de todo y de todos, y también de sí mismo.

El otro señor se presentó como inspector de policía.

—Soy Moritz Nape —dijo Moritz.

—Yo soy su secretaria —dijo la señorita Liane.

Lo de «secretaria» le hizo cosquillas a Moritz en su nariz tan amante de la verdad. Contuvo un estornudo y estuvo sonándose un buen rato.

El director cogió el periódico, apagó el pitillo, encendió otro y dijo:

—Este anuncio, ¿no es un truco? ¿Un hábil truco de su agencia de publicidad? Porque no me va usted a hacer creer que —leyó las palabras en tono burlón— posee «facultades extraordinarias». ¿Quién se va a creer esta broma? Yo, desde luego, no.

—El señor Nape puede demostrárselo —dijo la señorita Liane con su sonrisa más triunfal—. Hágale algunas preguntas y compruébelo por sí mismo.

La señorita dirigió una rápida mirada a Moritz. La mirada quería decir: «Pórtate bien, no me dejes en mal lugar».

Moritz se dispuso a obedecer. Las preguntas fueron las de siempre: que qué había en el cajón del escritorio, y en el bolsillo del pantalón, y en el de la chaqueta, y...

El director echó para atrás el respaldo de su butaca.

—Bueno. Dígame usted lo que estoy pensando ahora.

Moritz se concentró. Olfateó con toda su fuerza al director.

—Varias cosas. Piensa que se está fumando el pitillo número veinte, y que debería dejar de fumar; que tiene enfrente a un joven tonto que se cree algo, pero que no es más que un impostor; que sus zapatos le vienen pequeños; que hizo bien en echarles una bronca a sus directores adjuntos, porque no se esfuerzan. ¡Pero no tiene usted razón! Lo que pasa es que está usted de mal humor porque le aprieta el zapato, porque ha dormido poco, porque en esta casa hay un ambiente de malestar que usted no consigue remediar...

La señorita Liane estaba pálida.

El director dijo:

—Eso que está diciendo es muy fuerte.

El inspector de policía preguntó, guiñando el ojo:

—Fuerte, pero... ¿cierto?

—Cierto —gruñó el director. Moritz olió lo ofendido que estaba.

El inspector tocó a Moritz en la espalda.

—Entonces usted es nuestro hombre, señor Nape.

La señorita Liane sonrió de nuevo.

El director hizo el gesto de coger un nuevo

pitillo, pero se lo pensó mejor y retiró la mano, suspirando.

—¡Vayamos al grano! —decidió.

El inspector de policía dijo:

—Se trata de lo siguiente, señor Nape: hace tiempo que andamos detrás de una banda de tres o cuatro individuos, sin poderlos atrapar. Tienen una habilidad increíble. Entran en comercios cerrados, en viviendas vacías y, sobre todo, en Almacenes como éste. A veces hacen un túnel; por eso los llaman los «topos».

La señorita Liane y Moritz dieron a entender con un gesto que ya habían oído hablar de ellos.

—En estos Almacenes —continuó el inspector— ya han entrado dos veces. Saquearon la sección de fotografía, aunque el vigilante nocturno hace su ronda durante toda la noche. Se llevaron los aparatos más caros delante de sus narices.

—Eso no hubiese ocurrido delante de las narices del señor Nape —dijo la señorita Liane, riendo alegremente.

A los dos señores no les hizo gracia su buen humor.

—Lo digo por su nariz —explicó Liane—. Es un campeón en eso del olfato. Lo huele todo.

—¡Ajá! —dijo el inspector—. ¡Así que usted se sirve del olfato...! Yo creía que lo hacía mediante transmisión del pensamiento.

El director tomó un nuevo pitillo. Le daba igual que el señor Nape funcionara de un modo o de otro; lo importante era que descubriese a los «topos». Los ladrones volverían, seguramente, una tercera vez.

—Pero esta vez contamos con usted, «olfateador de ladrones». Usted los descubre y los reduce.

—¿Reducirlos? —preguntó Moritz, asustado—. ¿Yo?

El inspector, después de soltar una sonora carcajada, lo tranquilizó:

—Para reducirlos habrá una docena de policías; estarán distribuidos por todo el edificio, aguardando su señal. Puede estar tranquilo, señor Nape, yo dirijo la operación en persona. Si está usted conforme, hacemos ahora una ronda para enseñarle todo. Esta noche nos encerraremos en el almacén.

Moritz siguió al inspector de una sección a otra.

—Espero que no sufra de los pies, señor Nape. Las escaleras mecánicas y los ascensores no funcionan de noche.

Moritz estuvo a punto de decir que él ya andaba bastante durante el día como cartero, que debía estar puntual en Correos a primera hora de la mañana, y que necesitaba dormir siete horas. También le hubiera gustado decir que las aventuras nocturnas no le hacían ninguna gracia, ni olfatear ladrones, ni cazar topos. Pero pensó en la señorita Liane y se lo guardó para sí.

—Los nuestros estarán escondidos en todos los pisos —dijo el inspector—. Quietos, en silencio. Usted, en cambio, señor Nape, deberá moverse; pero tan calladito como un ratón, con zapatillas de deporte y con un traje negro para pasar lo más inadvertido posible.

Moritz se imaginó a sí mismo husmeando y olisqueando a oscuras, con suelas silenciosas, como un espectro, palpitándole el corazón. Se imaginó luchando contra el sueño durante la larga noche, con deseos de acostarse cada vez que pasase por la sección de «muebles de dormitorio». Imaginó su alegría al llegar el amanecer, cuando los policías salieran decepcionados de sus escondites, abandonando por aquella noche la caza de los «topos». Pero él no estaría decepcionado; tan sólo cansado, terriblemente cansado. Porque comprendió que sólo le quedaría una hora para dormir en casa, en su propia cama, hasta que sonara el despertador y empezara su jornada de cartero muerto de sueño...

LOS TRES DÍAS y las tres noches siguientes transcurrieron del mismo modo. La señora

Nape estaba preocupada; la señorita Liane sentía pena por Moritz, pero le exigió perseverancia y le recordó lo del premio.

¿Y Dula?

Dula se asomaba a la ventana, llevaba el perro a pasear delante de la casa, y no se explicaba lo que podía estar ocurriendo.

Moritz pasaba delante de ella corriendo, porque tenía prisa, o iba arrastrando los pies porque se caía de cansancio.

—Me he encontrado con tu madre, señor Nape. Dice que te estás poniendo enfermo. Yo quiero cuidarte..., pero no sé cómo. Tampoco sé lo que te ocurre.

—Se trata de los «topos», Dula. Tengo que cumplir una misión secreta de olfateador y eso me lleva mucho tiempo.

—¿Puedo ayudarte? A lo mejor te puedo ser útil en lo de los topos, como tú lo fuiste conmigo en lo de las cebras.

—No, gracias, Dula. Pero una vez que el asunto esté concluido, te contaré todo. Y después nos iremos los dos, tú y yo, a ver al mago.

Bueno, eso ya era un consuelo. Aunque muy pequeño. Mientras no supiera de qué se trataba y cuándo terminaría aquel asunto...

EN SU CUARTA noche de vigilancia, Moritz pasaba por la sección «vestidos de señora», en el segundo piso, cuando sintió un olor extraño procedente del primero. Bajó la escalera sin hacer ruido. Palpó la pequeña radio emisora que llevaba en el bolsillo. El olor venía de la sección de lámparas y aumentaba a medida que Moritz se iba acercando.

«De modo que así huelen los "topos" —pensó—. Son tres. Cada uno huele de modo distinto, pero los tres huelen a ladrón».

Sacó el aparato de radio, levantó la antena y susurró al micrófono:

—Sección lámparas... —y justo en ese momento se enganchó con un cable que había en el suelo. Buscó apoyo en el vacío, se agarró a algo, y al final cayó de bruces. Se había apoyado en una palanca de la luz; de pronto se encendieron cientos de bombillas, arañas, tubos de neón, lámparas de pie, proyectores, plafones de techo y combinaciones luminosas.

Moritz, asustado, cerró los ojos. Cuando los abrió de nuevo, vio cómo los tres «topos» echaban a correr. Se levantó sobre un pie, como las cigüeñas, pues al caerse se había dislocado un tobillo.

Los policías salieron de sus escondites. Persiguieron a los «topos», inspeccionaron las escaleras, rastrearon las secciones, miraron en los aseos..., pero no descubrieron nada. Los «topos» se habían evaporado. Entretanto, aullaron las sirenas de alarma del exterior, el edificio quedó rodeado de policías y los focos iluminaron sus muros.

Nadie se preocupó de Moritz. Bajó penosamente las escaleras, encontró una puerta abierta... y tuvo que cerrar los ojos porque la luz del día le deslumbraba.

—¡Manos arriba!

Obedeció. Sosteniéndose sobre un pie, levantó los brazos y miró la luminosa claridad del día. El inspector de policía estaba furioso.

—¡Tonto! ¡Bobo! ¿Cómo puede haber un individuo tan estúpido? Los tenía cogidos y luego va y los deja escapar. ¡No es posible...!

Le lanzó un diluvio de improperios. Moritz comprendió su enfado... aunque el inspector podía ser un poco más educado...

—Tengo el pie lastimado. Me voy a mi casa —dijo—. Buenos días.

LA SEÑORA NAPE salió de su habitación medio dormida, pero se espabiló pronto cuando lo vio entrar por la puerta, cojeando. La madre le aplicó tierra empapada en vinagre... y un montón de refranes.

Tenía el tobillo hinchado.

—Hoy no vas al trabajo —dijo la señora Nape—. Voy a avisar que estás enfermo. Te quedarás en la cama y recuperarás el sueño atrasado. «Pierna quieta y levantada, en un santiamén curada».

10

La sala donde actuaba el mago se encontraba en las afueras de la ciudad.

Moritz y Dula tuvieron que hacer un largo recorrido y cambiar una vez de autobús.

—¿Me lo cuentas ahora? —preguntó Dula durante el viaje.

Moritz le habló de las tres noches aburridas que pasó en el Almacén, y de la cuarta noche, tan agitada. Le habló de su tropezón con el cable y del enfado del inspector de policía.

—Pero tú no tuviste la culpa —se indignó Dula—. ¿Qué podías hacer si el vendedor del departamento de lámparas dejó los cables por el suelo?

—Eso mismo me dijo mi madre.

—¿Y tu señorita? ¿Qué te ha dicho tu señorita?

—Poca cosa. Que debía haber tenido más cuidado, y que era una pena haber perdido la recompensa.

En realidad, la señorita Liane le había dicho mucho más. Casi tanto como el inspector; que era un inútil y que si habrían podido comprar tantas y tantas cosas con aquel dinero. Al final le había dado otra dirección: *Empresas Wuma*. Moritz había estado allí el día anterior y la visita aún le estaba amargando el estómago.

Dula le tiró de la manga.

—¿Estás enfadado con tu señorita? ¿Y con el inspector? ¿Quieres que nos enfademos tú y yo con ellos? Tengo una idea: hay libros infantiles que enseñan cómo se puede fastidiar a los mayores.

—No, Dula. El inspector me ha pedido disculpas. Ha venido a casa a interesarse por mi pie, y a preguntarme si puede contar conmigo para seguir con lo de los «topos».

—¿Y vas a volver?

—No.

El autobús tomó una curva, frenó bruscamente y paró en seco.

—Última parada, Dula, hemos llegado.

LA FUNCIÓN se celebró en un hostal. La sala estaba recién pintada; había guirnaldas de papel colgando del techo y bombillas de colores junto al escenario. Los espectadores se sentaban alrededor de unas pequeñas mesas, y comían y bebían. La señora gorda que pedía las entradas en el vestíbulo indicó a Moritz y Dula la mesa más próxima al escenario, en el centro. Era el mejor sitio de la sala. Moritz compró un programa. El del mago era el último número; actuaban, además, un payaso, una funámbula, un malabarista y una pareja de acróbatas. Todos tenían nombres muy bonitos. El payaso se llamaba Nino Caballero; el mago, Diabello Diabelli; la funámbula, Luna Lundinetta.

Dula no paró de hablar, muy nerviosa, hasta que se levantó el telón.

—Ya empieza —susurró Moritz.

Dula le cogió la mano.

—A ver si no tengo que ir al aseo. Me pasa siempre que estoy muy nerviosa.

Se apagaron las luces de la sala. En el escenario iluminado apareció un payaso con un pequeño violín y unos zapatones grandes. Dio algunos pasos, cayó de bruces, se levantó, volvió a andar, se cayó sentado, y del golpe se reventó un globo que tenía detrás del pantalón bombacho. Los espectadores rieron, mientras el payaso lloraba y se deshacía en lamentaciones.

Dula preguntó en voz baja si lloraba de verdad, y ella debía sentir pena, o si era una broma y podía reír con todos.

—¡No te preocupes, es una broma! —dijo Moritz.

Después, el payaso se puso a tocar su pequeño violín, pero perdió los zapatos y luego el pantalón; tuvo otros muchos contra-

113

tiempos, hasta que desapareció arrastrando los pies.

La gente aplaudió mucho.

—¿Te ha gustado, señor Nape?

—Ya lo creo.

—A mí también. Tengo un gusto parecido al tuyo.

—Eso no está bien, Dula. Tú debes tener tu propia opinión.

—Y si mi opinión es igual que la tuya, ¿qué voy a hacer?

Siguió la función.

Apareció el malabarista. Hizo girar un bastón largo y flexible, lanzó un plato al aire, lo cogió con la punta del bastón y le hizo dar vueltas. Una niña de bucles negros y vestido de lentejuelas le entregó un segundo plato. El malabarista lo lanzó al aire y lo cogió también. Lanzó un tercero, un cuarto... hasta que, al final, giraban seis platos a la vez en la punta del bastón.

Dula estaba entusiasmada. Se movía a un lado y a otro. Se levantaba y volvía a sentarse.

—¿Tienes ganas de ir? —le preguntó Moritz.

—No. ¿No te parece fantástico?

—No está mal.

El malabarista jugó con botellas, pelotas y aros. La niña de las lentejuelas le ofrecía lo que necesitaba y se llevaba lo que ya no le hacía falta.

En el siguiente número apareció la funámbula. Dula la encontró maravillosa con su faldita corta azul celeste, el sombrero, y el pequeño paraguas, también azul celeste. Caminó a pasitos por la cuerda, hacia adelante, hacia atrás, con inclinaciones y saltitos. Los músicos tocaban un vals.

—¿Sabes quién es? —susurró Moritz—. La niña de antes.

—Pero aquélla tenía rizos negros...

—Pues es la misma —arrugó la nariz—. La estoy oliendo.

Después del número de la funámbula hubo un descanso. La camarera pasó entre las mesas, anotando los pedidos.

—Ahora vienen los acróbatas —dijo Moritz.

Un hombre robusto presentó a la mujer-serpiente.

—Es la misma niña de las lentejuelas —susurró Moritz—, y el hombre es el payaso.

A la mujer-serpiente no se la podía reconocer. Tenía la cara pintada de blanco, y los ojos rasgados bajo unas largas cejas. Se envolvió de la cabeza a los pies en una camiseta estrecha de escamas brillantes que relucían a cada movimiento. Dula no había visto nunca una persona tan ágil. Lo que la mujer-serpiente hacía y lo que hacían con ella era maravilloso. El hombre la agarró, por fin, por la muñeca y la hizo volar a su alrededor, arriba y abajo, a un lado y a otro, cada vez a mayor velocidad, hasta que sólo era una estela brillante girando.

Dula se agarró a Moritz conteniendo la respiración, y sólo se tranquilizó cuando la mujer-serpiente estuvo de nuevo en el suelo.

—Ha sido lo más bonito hasta ahora, ¿no te parece, señor Nape?

Un redoble de tambores anunció al mago. La luz adquirió un tono rojizo. El mago era un hombre impresionante: bigote negro, gafas ahumadas, altísima chistera.

—¿Es también alguno de antes? —preguntó Dula en voz baja.

—El malabarista —contestó Moritz también en voz baja.

El mago se colocó al borde del escenario.

—Nos ha mirado —susurró Dula—. Creo que hasta nos ha hecho una seña.

—Un saludo al distinguido público —dijo el mago Diabelli, levantando la chistera y dejando escapar una gallina blanca. La gallina cayó al escenario cacareando. El mago retrocedió hacia el fondo y le sacó tres huevos blancos de entre las plumas de la cola. Los levantó en alto, los apretó entre sus dedos... y desaparecieron. Dula no comprendía cómo era posible hacer aquello. Luego, se adelantó de nuevo.

—Un saludo al distinguido público —dijo, levantando la chistera... y dejando escapar una gallina negra. El mago le sacó igualmente tres huevos, esta vez negros, que también hizo desaparecer.

La niña de las lentejuelas del segundo número (o la funámbula del tercero, o la mujer-serpiente del cuarto) cogió las gallinas y las sacó del escenario.

—Oye, señor Nape, ¿cómo puede poner una gallina tres huevos seguidos, uno detrás de otro? —preguntó Dula en voz baja.

—Sólo en una función de magia —dijo Moritz.

—¡Ah!

El mago recuperó en el aire los tres huevos blancos y los tres negros y los guardó en su chistera. Luego, revolvió dentro... y sacó seis pollitos: tres amarillos y tres negros. Se posaron piando en su brazo, hasta que la niña de las lentejuelas los recogió para llevárselos. A continuación, el mago Diabelli sacó un conejo de su sombrero: un «conejo de pascua», pues puso un huevo de chocolate. El mago se adelantó hacia el público y dijo:

—Por favor, ¿quién quiere el huevo?

Y lo arrojó a Dula. Ésta se quedó tan asombrada que Moritz tuvo que cogerlo en el último momento.

—¿Por qué precisamente a mí? —musitó Dula—. ¿Lo habrá hecho adrede?

El huevo era de trapo y dentro había un montón de caramelos.

—Los guardaré para Axelotto.

Un aplauso. El mago dio las gracias, levantó la chistera y salieron de ella muchos pañuelos de color, que ondearon a su alrededor. Él los metió todos en su bolsillo, y Dula se asombró de que tantos pañuelos pudiesen caber dentro de un bolsillo tan pequeño.

Aplausos. Moritz y Dula aplaudieron también.

El mago sacó un pañuelo de su bolsillo y se secó con él el sudor.

—¡Un mago fantástico! ¿No te parece, señor Nape?

Moritz miró el reloj.

—Pronto va a terminar. Ahora viene el último número.

La luz menguó en el escenario y la música sonó más suave. El mago abrió un segundo telón. Detrás de él había una caja negra, alta y estrecha.

—¿Qué es eso? —preguntó Dula aterrorizada—. ¿Un ataúd? Si es un ataúd, tendré que ir al aseo.

Moritz la tranquilizó.

—Un armario, Dula —le puso la mano sobre el hombro.

La niña de las lentejuelas bailó en el escenario y el mago hizo brotar una luz azul sobre su cabeza. El mago movió sus dedos delante del rostro de la niña y ella bailaba cada vez más lenta y más rígida, hasta que se quedó como si fuese de madera. El mago la colocó sobre los respaldos de dos sillas: la nuca sobre el respaldo de una y los pies

118

sobre el de la otra. La niña seguía rígida y muda.

—¿Está muerta? —musitó Dula, arrimándose a Moritz.

—No. Duerme.

La caja negra se abrió, produciendo un fuerte crujido. Estaba vacía. El mago llevó solemnemente a la niña a la caja, la metió dentro y cerró la puerta.

—¿Qué va a hacer con ella? —preguntó Dula—. Yo no quiero que le haga nada. ¿Por qué está tan dormida?

—Se hace la dormida. ¿Prefieres que nos vayamos?

Ella sacudió la cabeza y miró al escenario, donde el mago estaba haciendo unos pases con las manos. Hubo un resplandor y se oyó una explosión. Cuando se abrió de nuevo la puerta de la caja, salió la niña de las lentejuelas con cabeza de asno, rebuznando y trotando por todo el escenario.

La gente rió con ganas.

El mago se hizo el desesperado, se tiraba de los pelos de la barba y obligó a la niña-asno a volver a la caja. De nuevo hubo un resplandor, el mago hizo otro pase de manos... y de la caja salió la niña de las lentejuelas... con cabeza de gallo.

Dula susurró con angustia:

—¿Y si ahora olvida el modo de deshechizarla?

Se arrimó aún más a Moritz, acurrucándose bajo su brazo.

Sucesivamente la niña se convirtió en elefante, cerdo, lechuza y cocodrilo. Y sólo cuando Moritz dijo: «Puedes mirar otra vez», Dula se atrevió a salir de su escondite.

La niña de las lentejuelas lanzaba besos al público y el mago hacía reverencias, saludando con la chistera. El telón se corrió lentamente.

La gente se agolpó en la salida.

—¿Qué me dices ahora del aseo? —preguntó Moritz.

—¿Ha terminado ya todo? —Dula miró una vez más al escenario. La niña de las lentejuelas asomó entonces su cabeza por el telón, saltó del escenario y fue directamente hacia Moritz.

—Mi padre le ruega que suba al camerino, por favor.

El camerino era un cuarto sin ventanas, detrás del escenario. Estaba iluminado por dos bombillas sin pantalla; olía a aire viciado, a sudor y a maquillaje barato. Dula susurró a Moritz:

—Pobrecilla tu nariz...

El mago, sentado ante el espejo, se estaba limpiando la cara. Se había despojado de todo el aspecto mágico: la cabellera negra, el bigote, y hasta el lenguaje pomposo.

—Buenos días y bienvenido —dijo—. Me

alegro de que haya aceptado mi invitación. ¿Le ha gustado mi número?

—Sí, gracias —respondió Moritz, algo cohibido.

—¿Y a ti? —el mago se volvió a Dula y preguntó con una mirada a Moritz—. ¿Su hermana pequeña?

—Mi amiga, Dula.

—Mi nombre verdadero es Popóvich —dijo el mago—. Ésta es mi hija Emmi.

—Yo soy Moritz Nape.

Dula notó que Moritz no quería hablar con el señor Popóvich.

—Los Popóvich —dijo éste— somos una antigua familia de feriantes. Mi abuelo fue un famoso malabarista. Mi madre fue mujer-serpiente. Nuestra Emmi sigue sus huellas. Una niña de mucho talento.

La niña de las lentejuelas, Emmi Popóvich, no tenía nada de niña. Dula le calculó dieciséis años como poco; pero era pequeña y delgada y representaba bastante menos.

El payaso metió la cabeza en el camerino y preguntó si traía alguna bebida.

—Mi hermano Max —le presentó el señor Popóvich—. Sí, trae algo fresco. ¿Qué toma usted, señor Nape?

—Nada, muchas gracias.

Dula miró a Moritz con cara de reproche. ¿Por qué se mostraba tan antipático? Eran gente amable los Popóvich, una simpática familia de artistas. Dula se imaginó que era una niña con lentejuelas y que pertenecía a aquella familia. No para siempre, claro, sólo durante algunas semanas.

El señor Popóvich tomó a Moritz del brazo.

—Venga, querido amigo. Aquí hay poco espacio, vamos al escenario. Emmi, tráenos una mesa. Mi esposa está hablando con nuestro socio. Sólo actúa en el programa de noche.

Dula se sentó también junto a la pequeña mesa que Emmi llevó al escenario.

—¿De qué trabaja tu madre? —preguntó.

—De levantadora de peso. Seguramente la has visto. Era la que pedía las entradas.

—¿Y por qué el programa dice otro nombre si te llamas Emmi Popóvich?

—Es la costumbre: Luna Lundinetta es mi nombre artístico.

El señor Popóvich seguía sosteniendo del brazo a Moritz, en un intento de convencerle. Le dijo que hacía tiempo tenía ganas de conocer al señor Nape, el del olfato maravilloso. Que sentía mucha curiosidad por comprobar sus facultades extraordinarias y misteriosas. Mientras hablaba sin parar, abrazó a Moritz; sus manos se deslizaron rápidas hacia abajo..., ¡y de pronto tenía una cartera entre sus largos dedos! Era la cartera de Moritz. Dula no comprendía cómo era posible. También Moritz estaba desconcertado. El señor Popóvich agitó la cartera por el aire y preguntó a Moritz cuánto dinero había dentro.

—Tres de mil y uno de cien.

—Vamos a ver —el mago abrió la cartera—. Sólo hay tres mil. Falta el de cien —devolvió la cartera a Moritz—. ¿Quiere contar?

—No es necesario; sé cómo sigue el número.

El señor Popóvich chasqueó los dedos y sacó del aire el billete de cien que faltaba. Lo entregó a Moritz, que introdujo el dinero en la cartera sin decir una palabra.

—Una pequeña función privada para mi ilustre colega. ¡Qué! ¿Notó algo, señor Nape? No, no notó nada, y eso que estaba usted aquí mismo.

Moritz tuvo ganas de contestar: «Yo no soy su colega, ni pienso serlo».

Dula, en cambio, esperaba aún que cediera.

—Yo no puedo trabajar en esto, señor Popóvich. Sé que usted maneja billetes de mil, pero en realidad apenas si tiene una perra gorda. También sé que usted sufre dolores de cabeza... casi en todas las funciones. El dolor de cabeza le viene de la vértebra cervical superior; la tiene lesionada desde hace años. Por una caída desde gran altura.

El señor hizo un gesto de asentimiento.

—Fue en un circo, en un número de trapecio. Desde entonces soy malabarista y mago —le dio la mano a Moritz—. Estoy asombrado, señor colega. Lo que usted hace es maravilloso. Yo llevo treinta años en esta profesión, pero su arte es completamente nuevo.

Max y la señora gorda, la que se encargaba de pedir las entradas, entraron en la sala.

—Podemos quedarnos aquí —dijo—. El dueño del hostal no nos echa, ya he pagado por adelantado el alquiler para esta noche. Esta tarde ha habido lleno.

Dula preguntó a Emmi, que estaba a su lado:

—¿Qué quiere decir eso de «lleno»?

—A veces la sala está medio vacía. A veces, completamente vacía. Otras veces...

—¡Calla, Emmi! —dijo la señora Popóvich—. Eso no le interesa a los extraños.

Emmi se marchó.

—¿Adónde vás? —preguntó Dula.

—A nuestra caravana. Tengo que descansar para la función de la noche.

—¿Puedo acompañarte? ¿Puedo ver cómo vivís?

—¡No! —la señora Popóvich se volvió hacia ellas—. En nuestra casa no hay nada que ver.

Desaparecieron, y Dula se preguntó si no sería mejor no ser una niña con los vestidos de lentejuelas, con una madre que levantaba pesos y un padre que quitaba carteras sin que se notase.

Echó una ojeada detrás del escenario. El

conejo y las gallinas estaban en unas jaulas de alambre. Los vestidos colgaban en orden unos juntos a otros. También estaban allí la caja negra y las cabezas de animales. Dula volvió al escenario, donde el señor Popóvich seguía hablándole a Moritz.

—... ¿Así que usted puede oler la cantidad de dinero que lleva uno? ¡Fantástico! No necesitamos más. Trabajaremos juntos. Durante la función, pasamos junto a las mesas, y allí donde haya una cartera llena, usted le huele al dueño algunas cosas; el hombre quedará sorprendido, usted lo toma del brazo y lo trae a mi presencia.

—¿Y luego? —preguntó Moritz.

—Luego... —el señor Popóvich chasqueó los dedos—, luego hago una pequeña «magia». Igual que antes con usted: le quito la cartera y se la devuelvo ante la vista de todo el mundo. Con algunos billetes menos..., ¡claro!

—¡Pero eso es un robo! —dijo Moritz.

—¡Eso es habilidad! —corrigió el señor Popóvich—. No sea usted tonto. En una cartera repleta da igual un billete más o un billete menos.

Moritz se dispuso a marcharse.

—Ven, Dula.

—Un momento, sin prisas. Le pido que se asocie conmigo. Dos tercios para mí y un tercio para usted.

Moritz saltó del escenario, bajó a Dula y se dirigió a la puerta de salida.

El señor Popóvich se enfadó:

—¡Aprovechado! Bueno, mitad y mitad.

Moritz no dio ninguna respuesta. Llevó de la mano a Dula, que estaba desconcertada. El señor Popóvich corrió tras ellos. Los alcanzó en la puerta.

—Escuche, querido amigo, todo era una broma. Olvídelo. No lo dije en serio, por supuesto. Yo soy un trabajador que no hace trampas.

—Bien, olvidado —dijo Moritz, sin volver la cabeza. Abandonó la sala. Cerró la puerta detrás de sí y llevó a Dula por el patio del hostal.

—¿Qué tal estás ahora? ¿No tienes ganas de...?

—¡Ahora sí, ya no aguanto más!

11

Dime de una vez qué quería el señor Popóvich de ti —preguntó Dula—. No lo he entendido.

Moritz se lo explicó.

—¡Así que es un ladrón! ¡Pobre Emmi! Y yo que encontré todo tan maravilloso...

—Pero, Dula, su arte sigue siendo tan maravilloso como antes.

—No —dijo ella inflexible—. Un ladrón no es maravilloso.

Miró el huevo de pascua que llevaba en la mano para Axelotto y se preguntó si debía conservar aquel regalo de Popóvich.

Luego preguntó:

—Pero, ¿no oliste lo mala persona que es?

—Nadie es totalmente malo, Dula. El señor Popóvich podrá ser un bribón, pero tiene sus aspectos buenos: quiere a su hija Emmi y se preocupa por su familia. La vida de los feriantes no es nada fácil.

Por fin vieron la parada del autobús. El vehículo estaba esperando, pero, aunque apretaron el paso, partió antes de que lo alcanzaran.

—Lástima —dijo Moritz—. El próximo tardará en llegar media hora.

Dula no se disgustó por eso. Aquella media hora prolongaba la tarde con Moritz. Lo que es por ella, ya podía llegar el autobús mañana por la mañana...

—¿Qué hacemos ahora?

Fueron al parque, donde el autobús tenía la primera parada del recorrido de vuelta. Era un miniparque con algunos aparatos de gimnasia, bancos bajo los viejos árboles, y un pequeño estanque donde nadaban algunos patos. Dula fue primero al columpio y después se colgó de las argollas. Moritz se sentó en un banco. Eran los únicos visitantes del parque.

Dula dijo:

—Si nadie es malo del todo, entonces nadie es tampoco bueno del todo, ¿no?

—Claro que no —Dula, acercándose, se sentó en sus rodillas—. No existe una persona del todo buena —siguió Moritz—. Todos nos portamos mal alguna vez.

—Menos tú, señor Nape. Tú eres bueno.

—No digas tonterías, Dula. Ayer por la tarde estuve a punto de pegarle a un señor.

—¿De veras? Cuéntame.

—Estuve en *Empresa Wuma*, que es una sociedad muy poderosa, en la que trabajan cientos de personas. Primero quisieron saber-

129

lo todo sobre mi nariz, como de costumbre, y luego me llevaron a la presencia del director general.

—¿Ése es el mandamás? —preguntó Dula.

—El que está por encima de todos, sí. No te puedes imaginar aquel ambiente. Su despacho es más grande que un salón. En el suelo, una gruesa alfombra; no oyes tus propios pasos. Todo es silencio; hasta el teléfono suena muy bajo. Los dos perros grandes que guardan al director general tampoco ladran. Son unos perrazos como terneros...

—¿Perros de San Bernardo? —preguntó Dula.

—Dogos daneses. Estaban echados a los pies del director general, y cuando entré alzaron la cabeza, se levantaron, se acercaron a mí silenciosos y me husmearon; luego se echaron otra vez. El director general dijo: «Usted les cae simpático a mis perros. Yo no aguanto a una persona que no cae simpático a mis perros».

—¡Vaya director general más extravagante! —observó Dula—. Sigue contando.

—Me invitó a sentarme, indicándome una butaca. Me hundí en la butaca de la izquierda y creí que no iba a poder salir de ella. El director paseaba detrás de mí, junto a los perros. Puso su mano en un brazo de mi butaca. Una mano blanca y blanda.

—¿Con anillos? —preguntó Dula.

—Sin anillos. Pero no olvidas aquella mano y la recuerdas cuando más tarde recorres los pabellones de la empresa y observas a la gente. Y cuando oyes el ruido ensordecedor, después de haber estado en el despacho silencioso. ¿Sabes lo que es el «trabajo en cadena»?

Dula sacudió la cabeza. «¡Trabajo en cadena!». Otra bonita palabra para coleccionar. La otra era «delicado».

Moritz intentó describir a Dula el ambiente de aquella nave de «trabajo en cadena»: el ruido era insoportable; las máquinas atronaban el aire y machacaban el material; el suelo temblaba. Olía a trabajo, a aceite, a polvo, a metal caliente, a sudor y agotamiento. Las personas vestían monos de faena. Estaban junto a la cinta continua, que marchaba sin cesar y les iba echando las piezas de hierro una tras otra. En cada pieza debían ajustar rápidamente ocho tornillos, y al poner el último ya estaba allí la siguiente pieza. La gente trabajaba sin levantar la cabeza, y cuando no lograban ajustar los ocho tornillos, cogían una nueva pieza y trabajaban con doble rapidez, para compensar la pieza perdida.

Dula preguntó:

—¿Qué pasa si dejan escapar una pieza sin ponerle los ocho tornillos?

—No lo sé; seguramente se lo descontarán del salario.

El caso es que había un hombre controlando con un cronómetro. ¿Sabes lo que es un cronómetro?

—Claro —dijo Dula, ofendida—. Nuestra profesora de gimnasia tiene uno para medir el tiempo y la rapidez con que corremos.

—Aquel hombre tenía un cronómetro para medir la velocidad con que trabajaban las personas. Ahora imagina esto, Dula: cada minuto y medio llega rodando una pieza, en la que deben ajustarse los ocho tornillos. En una hora cada obrero recibe, pues, cuarenta piezas. Total, trescientos veinte tornillos que fijar a la hora. Multiplica por las ocho horas de jornada laboral y hallarás el producto, si quieres.

—No quiero. Además, tampoco lo sé. En la escuela aún no nos han puesto problemas tan difíciles.

Se movía a un lado y a otro en las rodillas de Moritz. ¿Por qué le hablaba de piezas de hierro y de tornillos en lugar de explicarle aquello de que estuvo a punto de pegarle a un hombre?

—¿Qué quería de ti el director general?

Moritz guardó silencio.

Aunque describiera a Dula decenas de veces cómo funcionaba el trabajo en cadena, era imposible describirle lo que él, Moritz Nape, había sentido al ver las manos callosas y los rostros cansados de la gente. Pensó que era mucho mejor trabajar de cartero que en cadena. «No, eso no es para mí —se dijo—. En realidad, eso no es para nadie».

—No dices nada, señor Nape —Dula se bajó de sus rodillas—. Si es un secreto, y no me lo puedes confiar, y te molesto...

Corrió hacia los aparatos de gimnasia, se enroscó por la escalera e hizo ejercicios de mujer-serpiente.

MORITZ podía haberle explicado a Dula lo que la *Empresa Wuma* esperaba de su olfato: el director general quería que la cadena funcionase a mayor velocidad, y deseaba saber la opinión de Moritz.

—¡Fatal —le había dicho Moritz.

Una respuesta simple a una pregunta simple.

—¿Por qué? —había preguntado el director—. Se trata sólo de acelerar unos pocos segundos. Al personal le basta con querer y la empresa saldría beneficiada.

—Perdone —había respondido Moritz—, yo no sé nada de la *Empresa Wuma*, pero no puedo concebir que una empresa pretenda beneficiarse haciendo funcionar con mayor rapidez la cinta continua y destrozando aún más al personal.

—¿Destrozando al personal? —exclamó furioso el director general—. ¡Yo sí que estoy

133

destrozado! Se quejan de vicio. Nuestros trabajadores son jóvenes y robustos y no les debería importar esforzarse un poco más en favor de una empresa que lo hace todo por el bien de los trabajadores.

¿Por el bien de los trabajadores? Era una mentira tan grande que Moritz sintió ganas de pegarle un puñetazo. Pero se contuvo y le preguntó:

—Señor director general, ¿a usted le gustaría trabajar en cadena?

—No —el director se dejó caer en la butaca.

Los dos dogos se le acercaron como si olieran lo desconcertado que se sentía. También Moritz había olido. Y pensó: «Aquí está él en su despacho...; es un señor elegante, todos le envidian creyendo que está contento..., pero no lo está. Creen que es rico, pero en realidad es pobre y da pena».

Éstos eran unos pensamientos confusos..., demasiado confusos para explicárselos a Dula.

No, él no podía ayudar a semejante hombre. Se levantó, y antes de despedirse le hizo esta pregunta:

—¿Usted tiene que ser necesariamente director general? Más feliz viviría siendo jardinero, o pastor, o cartero...

El director sonrió.

—Usted es una persona muy sensible, querido amigo. Yo no puedo ser tan sensible conmigo mismo.

DULA dejó los aparatos de gimnasia y volvió a sentarse en el banco.

—¿Lo has notado?

—¿Qué?

—Que soy delicada. Que no he querido molestarte.

—He notado que prefieres hacer gimnasia en lugar de escucharme —Moritz miró el reloj—. Pronto llegará el autobús. Vámonos ya a la parada.

Un pájaro de cresta negra, alas verdes y pechuga amarillenta pasó volando cerca de ellos, hasta posarse en una rama.

—Un herrerillo —dijo Moritz. Intentó imitar su canto.

—¿Dónde lo aprendiste?

—Me lo enseñó un amigo. Conocía todos los pájaros cantores y las aves palmípedas. Íbamos a remar y nos ocultábamos entre los juncos. Allí veíamos patos silvestres, cercetas y ánades silvestres. Nuestra gran ilusión era encontrar una garceta. Pero no la vimos nunca.

—Tu amigo, ¿era Erich? —preguntó Dula—. Le vi en el álbum de fotos.

—Sí, Erich. Sentí mucho cuando se fue. Éramos como hermanos. Me regaló, como despedida, su viejo bote de remos.

—¿Lo tienes aún?

—En el sótano.

—Oye, señor Nape, entonces podríamos...

Moritz levantó la nariz, tomó a Dula de la mano y anduvo más rápido.

Olió algo peligroso a su espalda y necesitó sólo un instante para localizar el olor: olía como los «topos» en la noche en que coincidió con ellos en el Almacén.

—No mires atrás, Dula, nos sigue un «topo».

Dula no quería mirar, pero su cabeza se volvió por sí sola.

—No es ningún «topo». Es una persona normal, con sombrero y todo —susurró—. Parece muy elegante.

Llegó el autobús, dio la vuelta a la plaza y se detuvo en la parada. Subieron los dos y fueron a sentarse en el último asiento. Moritz miró disimuladamente por la ventanilla trasera.

—¿Nos sigue todavía? —preguntó Dula—. ¿Crees que subirá para viajar con nosotros?

—No. Tiene ahí su coche. Pronto nos adelantará.

Un Opel gris adelantó al autobús y se dirigió a la ciudad. Dula dijo, más tranquila:

—Yo había creído que se sentaría detrás de nosotros para fijarse en dónde nos apeábamos y luego enterarse de dónde vivimos.

—Eso lo sabe hace tiempo —dijo Moritz—. Seguramente nos ha venido siguiendo. A lo mejor estaba en la sesión del mago, muy atrás, y por eso no pude olerle entre tanta gente. ¡Ay, Dios mío! —y suspiró hondo.

—¿Qué te pasa, señor Nape?

—Que estoy harto, Dula. ¡Hasta las narices! Si crees que lo de mi olfato me hace feliz, estás equivocada. Todo lo contrario. Me da asco. El mago, el director de *Wuma*, el del Almacén, los «topos»..., ¡todos! Desearía verme libre de esto de mi nariz.

Dula le miró asustada. Le metió el puño en la mano.

El autobús se puso en marcha.

Dula estuvo pensativa. Al cabo de un rato preguntó:

—¿No podrías hacerles creer que tu olfato ha vuelto a la normalidad?

—Eso sería mentir, y ya sabes lo mal que le sienta eso a mi nariz. No aguantaría mi propio olor.

Se echó a reír, pero Dula se dio cuenta de que no era una risa alegre.

12

Moritz repartía la correspondencia. Al entrar en una casa oyó la voz de una mujer:

—Buenos días, señor cartero. ¿Usted es el señor ése que tiene tan buen olfato? Bueno, pues resulta que tenemos un tío que es muy viejo y está un poquito trastornado... Resulta que ha escondido su testamento, y nosotros hemos pensado que...

Moritz le cortó la palabra:

—Estoy de servicio; comprenda que no puedo detenerme —abrió el buzón colectivo del vestíbulo y comenzó a meter las cartas en los casilleros. La señora no se dio por vencida:

—Le gratificaremos bien si el testamento vale la pena...

No obtuvo respuesta.

La señora se enfadó:

—¡Qué caradura! Primero pone un anuncio en el periódico y luego no admite encargos. Se necesita...

Era ya la tercera persona que le daba la lata aquel día. En los últimos días lo habían abordado en la calle, en las escaleras, hasta en el autobús. Moritz se había vuelto casi grosero; nunca hubiera creído que se iba a poner tan antipático.

Dobló hacia el gran solar que estuvo cercado desde hacía años por una valla hoy medio derruida. En el solar crecía la hierba y la maleza. Un camino lo cruzaba de parte a parte. Moritz utilizaba a menudo aquel atajo. Había en el solar una vieja caseta sin ventanas, con un candado oxidado en la puerta. Moritz arrastraba el carretón medio vacío. No oyó los pasos silenciosos y rápidos que se le iban aproximando. Sólo cuando olió a corta distancia a los dos «topos» sintió un estremecimiento. Demasiado tarde. Dos hombres le cortaron el paso.

—Ven con nosotros —el más alto le señaló la caseta con un gesto del mentón.

Moritz sintió que le flaqueaban las rodillas. Se vio perdido. Solo en medio del gran solar. Ni un alma en muchos metros a la redonda. Nadie que pudiera escuchar su grito de socorro.

El más alto le dio una patada en la rodilla.

—¡Adelante!

«¿Me dejo caer? —se preguntó Moritz—. Así tendrán que arrastrarme y eso llevará más tiempo. A lo mejor llega entretanto alguien...».

—¡Rápido! —el más alto lo agarró del brazo. El más bajo cogió el mango del carretón.

Lo llevaron a la caseta, entraron y atracaron la puerta por dentro. Había baúles vacíos en el suelo, y sobre uno de ellos ardía una lámpara de petróleo.

—¡Siéntate! —el más bajo le acercó un baúl—. Queremos hablar contigo. No te haremos nada.

—Por lo menos todavía —dijo el más alto—. Porque podemos cambiar de opinión.

Su compañero sacudió la cabeza.

—Deja eso, Edi.

Ofreció chicle a Moritz. Eso alivió un poco la tensión.

El más bajo y Moritz se sentaron, mientras que el más alto se quedó de pie, plantado frente a Moritz y proyectando una sombra gigantesca contra la pared.

—Ahora, escúchame. Tú tienes algo en la cara que no nos gusta, como tampoco nos gusta que nos estropees el negocio. La otra noche en el Almacén tuviste suerte de que no te viésemos.

—¡Suerte, vosotros! —dijo Moritz, extrañándose en seguida de haber tenido el valor de contradecirle—. Todo el edificio estaba ocupado por la policía. Os hubieran cogido si no hubiese tropezado.

—¡Cállate! —el más alto le puso el puño delante de la nariz—. ¿Ves este capullo? Lo vas a oler, ya que tienes tan fino olfato. Y si volvemos a tropezarte en nuestro camino, te machaco con esta flor la cara, para que no puedas oír, ni ver... ni oler más.

Moritz miró de reojo el puño mientras mascaba el chicle nerviosamente.

—Edi, déjale en paz —el más bajo obligó a su compañero a sentarse en un baúl—. Vamos a hablar como amigos, con calma.

El alto guardó silencio. El bajo también. La lámpara de petróleo lanzaba humo. Moritz esperó a ver en qué acababa aquello. El chicle ya no le sabía a nada.

—En lo del Almacén —dijo el pequeño—, éste tiene razón. ¡A ver si no lo repites! No permitiremos que nos andes oliendo, ¿entendido? Además... piensa a ver si te conviene que tu olfato trabaje para nosotros.

Moritz dejó de mascar por el terror que sentía.

El alto dijo:

—Quiero saber hasta dónde llega tu olfato. ¿Puedes oler a través de las puertas blindadas?

Moritz sacudió la cabeza.

—Tampoco es necesario —dijo el pequeño—. Hay muchas personas que guardan su dinero debajo del colchón o en una alacena, y sus joyas en el costurero o en cualquier otra parte. La gracia está en dar pronto con la cosa. ¿Qué tal anda de eso su nariz, señor Moritz Nape?

Moritz casi se cayó del baúl. ¡Sabían su nombre!

141

—Tú podrías ahorrarnos mucho tiempo. Un cartero entra en muchas viviendas... basta con que olisquees para nosotros...

—¡No! —dijo Moritz.

—... que olisquees un poquito, digo, y nos comuniques todo lo necesario: señas, distribución de las habitaciones, muebles, escondites. Lo demás ya lo haremos nosotros.

—¡No!

El alto se plantó delante de él con gesto amenazador, y el bajo arrimó más su baúl.

—Una última sugerencia: tú trabajas en Correos. Podrías enterarte de cuándo hay transporte de dinero y del recorrido que hace. Después del golpe nos ponemos a salvo. Tú también. Desaparecemos y no nos ven más el pelo.

Moritz negó una vez más con la cabeza.

—Entonces, ándate con cuidado —dijo el más bajo—. No te perderemos de vista. Ya volveremos a vernos. En cuanto queramos te pescamos, ya lo sabes.

El más bajo se levantó, y después de bostezar se estiró hasta que le chasquearon las articulaciones.

Moritz también iba a levantarse, pero los dos lo retuvieron sentado en el baúl.

—Tú te quedas aquí —dijo el pequeño—. Cuando cuentes hasta dos mil, puedes marcharte. No se te ocurra salir antes ni decir ni una palabra sobre la conversación amistosa que hemos tenido aquí. En caso contrario

tendríamos que tocar otras teclas, señor Nari-
zotas.

Apagaron la lámpara de petróleo y le
dejaron sentado en la oscuridad. Moritz oyó
cómo andaban con el candado y pensó que
le iban a encerrar.

Esperó un rato. Luego palpó la puerta en
la oscuridad y consiguió abrirla.

El solar estaba vacío.

MORITZ distribuía la correspondencia..., pero no estaba en lo que hacía. Confundió
cartas, tarjetas e impresos, se equivocó en los
números de las casas, en las puertas de las
viviendas y en los buzones.

—Nuestro cartero está hoy más despis-
tado...

—Esto es muy raro. Siempre ha sido tan
ordenado...

—Hoy lo ha confundido todo.

—A lo mejor el pobre chico está enamorado.

Todos se echaron a reír. Nadie se enfadó
con él.

¿ENAMORADO? Si dijese cualquier otra cosa: confundido, acobardado, destrozado, amargado... ¿Pero enamorado? No, ya no.

Después de regresar a Correos con el carretón vacío, se dirigió a las ventanillas. En los últimos días sólo había saludado a la señorita Liane de paso; ahora quería hablar con ella. La ventanilla estaba cerrada; pero Moritz encontró en su casilla una nota con el aviso de que le esperaba en *Bürgerbräu*.

Estaba sentada en el jardín, a la sombra de un castaño, guapa y rubia como de costumbre; le salió al encuentro sonriente, también como de costumbre. No pareció fijarse en la cara sombría de Moritz. Algunos rayos de sol que penetraban por entre las hojas del castaño se reflejaban en el cabello de la chica. Cuando Moritz se sentó a su lado, olía como siempre: a fresco, a inteligente y a muchas cosas más; y siempre había un algo de benevolencia y amistad hacia Moritz, su protegido.

—Tienes que darme noticias sobre lo de la *Empresa Wuma* —dijo la señorita Liane—. ¿Has aceptado el trabajo?

—No.

En pocas palabras le contó lo que allí le habían pedido, y por qué el director general no contaría con sus servicios.

La señorita Liane contrajo los labios.

—¡Otro fracaso! Estoy perdiendo la pacien-

145

cia. A este paso voy a tener que prescindir de ti.

Llegó la dueña del establecimiento y preguntó qué deseaban.

Sustituía al camarero, que estaba reponiéndose de su operación de apendicitis. La señorita Liane pidió el menú del día y Moritz un zumo de manzana.

Cuando volvieron a estar solos, ella dijo:

—¡Pues no era tan complicado lo que pidió el señor Wuma! ¿No querías un trabajo fácil?

—¡Un trabajo limpio! —exclamó Moritz, indignado.

—Lo que te pedía era una insignificancia para tu agudeza olfativa.

—Que trabajase de espía, eso es lo que quería. Pero a mí no me pescan para eso.

—Y para otras cosas tampoco. ¡Eres un desastre!

El diálogo se hizo duro.

Luego se quedaron en silencio. La señorita Liane se miró las uñas y Moritz observó los gorriones que saltaban entre las mesas, picoteando las migajas. Les trajeron el zumo de manzana y la sopa.

Moritz bebió un sorbo y dijo:

—Liane, no nos peleemos. Compréndeme, por favor. ¡Ya no sé qué hacer! ¡No me dejan en paz! ¡Todos están enterados! Personas que no conozco me paran por la calle para pedirme algo.

146

—¡Porque no guardaste el secreto! ¡Porque has dejado que todos metan sus narices en la tuya! ¡Tú tienes la culpa!

—¿Quién? ¿Yo? —Moritz dejó el vaso sobre la mesa con tal fuerza que a poco lo rompe—. ¿Quién ha metido sus narices en la mía? ¿Quién fue corriendo a la dirección de Correos, y denunció al viejo, y consiguió que al día siguiente todo el personal estuviese enterado de mi olfato?

—¿Ah, sí? ¡Ahora va a resultar que yo soy la culpable de todo! —la señorita Liane le lanzó una mirada furiosa—. Eres la persona más ingrata que he conocido en mi vida. Me desvelo por ti, te hago un favor tras otro y tú lo estropeas todo...

Era la segunda vez que Moritz oía aquel día la palabra «estropear».

Le pareció extraño que la señorita Liane emplease la misma expresión que los «topos». A pesar de ello hizo un último intento de explicarle la situación:

—Esta mañana me secuestraron los «topos». Me hicieron algunas propuestas..., ya te puedes figurar qué clase de propuestas. Y me amenazaron.

La señorita Liane revolvió la sopa con la cuchara.

—¿Que te secuestraron? Pues si estás aquí, sentado conmigo, no ha debido de irte tan mal el secuestro.

—¡Lo bastante mal como para estar ya harto de todo esto!

Ella apartó el plato vacío.

—Y encima, cobarde... —murmuró.

La dueña trajo un guiso de bacalao con patatas, y una ensalada. La señorita Liane partió el pescado y le quitó las espinas una tras otra.

—Como te he dicho, estoy perdiendo la paciencia contigo. Si no cambias pronto y radicalmente, te dejo.

—Yo no cambio, Liane.

—¿No? Entonces, sintiéndolo mucho...

—No mientas, no lo sientes nada —dijo Moritz—. Hueles a mala, Liane.

Moritz puso el dinero junto al vaso, se levantó y se fue.

DULA salió de su casa en un momento en que Moritz quería pasar sin ser visto.

—Oye, señor Nape...

—Ahora no, Dula. Estoy un poco cansado. Además, me siento un poco mal.

La niña tragó saliva y le miró con cara triste. Siempre ocurría igual: las dos luceci-tas que se encendían en sus ojos cuando veía a Moritz se apagaban cuando él la decepcio-naba.

—¿No puedes esperar hasta mañana? —preguntó el cartero.

—No sé si tendré tiempo. El «topo» me ha seguido otra vez.

Moritz había subido ya algunos peldaños. Se detuvo asustado al oír aquellas palabras.

—¿Qué? ¿A ti también?

—No te apures, señor Nape —dijo Dula—. No ha pasado nada. ¿Es que a ti también te ha seguido uno?

—Dos.

—¿Los dos a la vez? ¿Qué te han hecho, señor Nape? ¿Se han portado mal? —se inclinó hacia él desde el rellano y le tiró del pantalón—. Dímelo, por favor.

—Déjalo, Dula, acompáñame arriba.

Ella vaciló un poco. Tenía su orgullo: primero la rechazaba y luego la invitaba; eso no estaba bien, aunque lo hiciera Moritz. Se hizo de rogar hasta que, por fin, cedió.

Se sentaron en la cocina.

—Cuenta, Dula. ¿Qué quería el «topo»?

—No lo sé. Yo estaba con Strupps en el parque y lo dejé suelto. Entonces se acercó el hombre. Quise llamar a Strupps para que me defendiera, pero estaba persiguiendo gorriones y no me oyó. Entonces fui corriendo hacia una señora que se sentaba en un banco y el hombre pasó de largo como si no ocurriera nada. La señora me preguntó si quería que me acompañase a casa, pero entonces llegó Strupps y le dije: «No, gracias,

149

ya tengo al perro», y nos volvimos corriendo a casa, Strupps y yo.

—¿O sea, que el hombre no te dijo nada?

—No. ¿Y los dos tuyos?

—Desde lo de los Grandes Almacenes tienen algo contra mi nariz.

—Tú también, señor Nape. Tú dijiste que estabas harto de tu nariz. Y si tu nariz tiene la culpa de que dos «topos» te persigan, yo también estoy harta de ella. No quiero sufrir pensando continuamente en lo que te pueda pasar.

Moritz puso los codos sobre la mesa y dijo pesaroso:

—Ahora sólo falta que te compliquen también a ti las cosas. Yo pensaba que tener un olfato así traería algún bien, pero resulta que no trae más que males a todo el mundo. En realidad, ¿a quién le ha procurado alguna alegría mi nariz?

—A mí —dijo Dula—. Ya desde el primer día, cuando encontraste a mi Amanda en la caja. Y a Birgit, cuando lo de las cebras.

Dula anduvo alrededor de la mesa, rozándole la manga.

—Y si no estás muy cansado, señor Nape, y no te molesta, vamos ahora al sótano a oler si tu barca se halla en buen estado y si pronto podremos navegar con ella. Eso me encanta, señor Nape, me encanta una barbaridad...

150

A Dula le brillaban los ojos. Había vuelto a ellos la luz.

—Bueno, ven —suspiró Moritz, cogiendo la llave del sótano, que colgaba de una alcayata.

13

Sus PADRES no estaban conformes con el viaje en canoa. Dula suplicó, protestó y lloró, sucesivamente, pero no le sirvió de nada. Entonces subió al cuarto piso y se quejó en casa de Moritz.

—Pero, Dula, no debes tomar a mal que tus padres no se fíen de mi habilidad con el remo ni de mi vieja canoa. Desde aquí huelo su inquietud. ¿No comprendes que están preocupados?

—¡No! —dijo Dula, obstinada—. ¡No lo comprendo!

Estaba tan enfadada con sus padres que se fue a acostar sin darles el beso de despedida. Pero al cabo de media hora abandonó la cama y entró en la sala de estar con Amanda bajo el brazo. Lo bueno que tenía Amanda era que ya se podían descargar todos los disgustos sobre ella, que ni rechistaba. Dula abrió la puerta y se asomó. Sus padres estaban viendo la televisión.

—Dilo tú, Amanda, si no son injustos y tremendamente severos. ¡Yo estaba tan ilusionada con el plan! Siempre me lo permiten todo, nunca me prohíben nada. Si mi señor Nape y yo quisiéramos ir remando a América, a través del océano... tendrían razón. ¡Pero si ni siquiera es un gran río! ¡No es el Danubio, sólo un afluente! Un afluentillo con aguas tranquilas y patos y garcetas. ¿Por qué me van a prohibir ver una garceta? ¿Tú lo entiendes, Amanda?

El padre se levantó y se acercó a la puerta.

—Hijita, tu madre y yo queremos ver tranquilos la televisión. ¿Has terminado ya?

Dula hizo que Amanda dijera con la cabeza que no.

—Aún tardaré un rato. Mi señor Nape dice que el que ha aprendido a remar ya no lo olvida nunca. Además, mi señor Nape sabe socorrismo. Y yo también puedo dar cinco golpes de remo por lo menos. Y si pasa algo, seguro que podré dar diez; y además...

—... además, ahora mismo vas a acostarte —la interrumpió su padre.

Alguien llamó a la puerta. Era Moritz, que venía a vistarlos para hacerles una propuesta. Probaría la canoa él solo. La prueba podría realizarse en presencia de toda la familia... y luego ya verían.

Así pues, el domingo todos ocuparon el pequeño utilitario del padre: la madre, con Dula y los dos gemelos, en el asiento de atrás; Moritz en el asiento delantero, y la canoa, desmontada en piezas, en el porta-

153

equipajes. Fueron hasta el bosque, dejaron el coche y caminaron detrás de Moritz, que conocía el terreno. Alisos, sauces y álamos bordeaban el camino. Éste llevaba, entre charcos y aguazales, a un estanque poblado de juncos. Sapos y ranas daban su concierto del domingo. Moritz sacó las piezas de la canoa del saco marinero y empezó a armarlas: la base, las cuadernas, el armazón. Los padres de Dula le ayudaron. Al extender las velas se levantó una nube de polvo. Dula tuvo que toser, y los gemelos tosieron con ella, entusiasmados.

—Lo siento —dijo Moritz—. Como la tela está recubierta de goma, hay que echarle polvos de talco. Si no, se quedaría pegada.

Montaron el tinglado de madera, amarraron la cubierta, empujaron la canoa entre los juncos y Moritz empezó a remar. La proa cortaba las aguas del tranquilo estanque, dejando una estela rizada sobre la superficie, que brillaba al sol. Moritz avanzó un trecho, frenó en seco, retrocedió en zigzag, hizo un ocho y giró sobre sí en círculo. Todos pudieron ver que era un excelente navegante.

Luego paseó a los padres. Primero a la madre, después al padre. Dula casi se cayó al subir, por la impaciencia. Antes de salir con ella, Moritz llevó sus cosas a la canoa: crema para el sol, *spray* contra los mosquitos, el anorak, los bocadillos, dos manzanas y la botella de limonada.

—¡Adelante! —dijo el padre—. ¡La gran sensación del día, nuestra hija Dula practicando el deporte náutico!

Los padres de Dula regresarían pronto a casa con los gemelos.

—¿Cuándo estaréis de vuelta?

—Hacia las siete —prometió Moritz—. Seremos puntuales. Regresaremos en tren.

DULA se sentó delante y permaneció inmóvil. Cuando Moritz le preguntó si no saludaba a sus padres, levantó el brazo, movió con cautela los dedos y se agarró otra vez al asiento.

—¿Tienes miedo, Dula?

Sacudió la cabeza.

—No, es que he prometido a mis padres estarme quieta.

—¿Y tú crees que vas a aguantar así hasta esta tarde?

—¿Tú no?

—No —Moritz se echó a reír. Golpeó el agua con el remo de plano y la mojó un poco. Dula gritó, movió los brazos y pataleó.

La canoa se inclinaba a un lado y a otro, pero nada más.

—Ya ves como no hay peligro —dijo Moritz.

El estanque se fue estrechando. Entre los

155

juncos se abría un canal, y por allí se internaron. Por encima de ellos volaban gaviotas y golondrinas en dirección al Danubio, que no podía estar muy lejos. De pronto, dos patos salieron nadando de entre los juncos: «¡Cuac, cuac, cuac!». Al verse molestados en sus silenciosas aguas, remontaron el vuelo y se posaron de nuevo, algo más allá, extendiendo primero las patas. «Como un avión que saca su tren de aterrizaje», pensó Dula. «Ánades silvestres, macho y hembra», pensó Moritz.

Siguió remando. Poco después encontró un nuevo canal que conducía al cañaveral. Moritz penetró en él hasta que no pudo continuar. Los juncos impedían avanzar a la canoa.

—Ahora que estamos quietos, Dula, nos vamos a callar. Vamos a mirar y escuchar, sin decir palabra. ¿Te parece?

Dula se adelantó un poco para acomodarse mejor en el fondo de la canoa, y reclinó la cabeza en el banco. El cañaveral rodeaba a la canoa como un bosque. Por los juncos subían y bajaban insectos de brillantes colores. Una libélula azul llegó en vuelo rápido, se detuvo batiendo las alas encima de sus cabezas y se alejó de nuevo. Una rana de vientre claro descansaba sobre una roca. Se oían cantos de pájaros por todas partes: trinos, gorjeos, píos, chirridos, silbidos. El sol brillaba cálido y el aire hacía crujir las cañas. Dula sumergió la mano en el agua y miró a su alrededor. Pequeños pececillos se movían en bandadas, como sombras. La rana de vientre claro se lanzó al agua y nadó perezosamente.

De pronto se oyó el ruido de una sirena. A lo lejos pasaba un barco de vapor. Las ondas llegaron al poco rato al costado de la canoa, balanceándola a un lado y a otro.

Dula cerró los ojos: sol y agua, cantos de pájaros en el cañaveral, ranas y libélulas... Qué hermoso era aquello. «Debería durar siempre», pensó.

No podría decir el tiempo que pasó en aquel estado; luego abrió los brazos a izquierda y derecha y rozó el agua con las manos. La canoa oscilaba.

—¿No podemos bajar un rato y pasear por donde el agua no sea profunda? —preguntó—. Tengo ganas de bañarme los pies.

Se quitaron la ropa hasta quedarse en pantalón de gimnasia, dejaron la canoa entre los juncos y caminaron por una pequeña bahía que llegaba hasta el bosque. Un verde tapiz de algas y plantas acuáticas se movía alrededor de sus piernas. El suelo era resbaladizo y el lodo se escurría por entre los dedos de sus pies. En la orilla de la bahía había unos troncos resecos por el sol, blancos, uniformes, y parecían la osamenta de animales muertos. También había botellas, latas de conservas y toda clase de residuos.

Dula se internó unos pasos por el bosque. Un escalofrío placentero la recorrió, y miró con curiosidad la verde espesura, el laberinto de árboles, arbustos, matorrales, hierbas y plantas. «Como en la jungla» —pensó—. «Como si nadie hubiera estado antes aquí».

Siguió adelante y encontró unas zarzas con grandes moras negras; hizo un cucurucho con hojas de tusílago y se las llevó a Moritz. Éste estaba en cuclillas, observando el agua, y le enseñó unas arañas y otros insectos que se movían por todas partes, caracoles y pequeños cangrejos transparentes con grandes ojos oscuros.

—¡Qué cangrejitos tan bonitos! —dijo Dula.

—¡Qué moras tan grandes! —dijo Moritz.

—HAY QUE PENSAR en volver —dijo Moritz.

—¡No, aún no, por favor! Todavía queda mucho tiempo.

—No digas tonterías, Dula. Además, está oscureciendo. Ahora viene lo mejor: nos dejaremos llevar a favor de la corriente hasta el puerto de aguas oscuras. Verás cómo te gusta.

Dula hundió los dedos de los pies en la arena de la orilla. ¿Gustarle eso? En el puerto de aguas oscuras desarmarían la canoa y la embalarían; irían a la estación del tren y se volverían a casa; y el domingo, aquel maravilloso domingo en el que su señor Nape fue sólo para ella, tocaría a su fin.

Algunas ramas crujieron a su espalda. Un turón pasó corriendo entre hojas y raíces.

«Ése sí que lo pasa bien —pensó Dula—. Se mete por la espesura, se queda aquí, y ninguna canoa lo sacará de su paraíso».

Añadió en voz alta:

—Voy a traerte más moras —y corrió de nuevo a la zarza.

De pronto vio un nido. Colgaba a media altura de una rama desgajada, y parecía que iba a caerse de un momento a otro. Dula no vio si había algo dentro, huevos o crías. Algo más lejos piaba un pájaro en un árbol y ella pensó que era la madre que pedía ayuda.

Dula volvió a la bahía, toda excitada.

—¡Oye, señor Nape, ven corriendo! He encontrado una cosa.

Lo arrastró al bosque, hasta el nido, y le pidió que lo llevase al árbol donde se encontraba la madre.

Moritz se negó a hacerlo.

—El nido está deshecho —dijo—. Seguro que está así desde la última tempestad. El pájaro que pía en ese árbol es una oropéndola, y es macho, no hembra.

—¿Así que no quieres ayudarme? —preguntó Dula, poniendo mala cara—. Entonces lo intentaré yo sola. Voy por el remo.

Corrió a la bahía, chapoteó entre el verde y crujiente tapiz y alcanzó la canoa; pero tropezó en el último momento y se dio un golpe en la cadera con el costado de la barca. Se hizo mucho daño.

—¡Maldita canoa! —y le dio una fuerte patada, y la barca empezó a deslizarse entre las cañas, penetrando en el canal y siguiendo adelante, llevada por la corriente.

Dula se quedó paralizada de terror. La canoa seguía avanzando lentamente por el canal.

—¡Quieta! —gritó mientras caminaba tras ella por el agua, cada vez más profunda. Cuando gritó: «¡Señor Nape!», ya le llegaba el agua al cuello.

Moritz había olido el peligro antes de que Dula gritase. Corrió a grandes zancadas, se lanzó al agua y sacó a la niña, que se agitaba en busca de aire. La canoa estaba ya lejos; de pronto entró en la gran corriente y fue arrastrada por ella. Dula se abrazó a Moritz, tosió toda sofocada y se echó a llorar.

—¡Yo no quería, yo no quería! Sólo le di una patada.

Moritz la llevó a la orilla y le escurrió el cabello.

—Ni siquiera me dejas secarte —dijo—. Deja de llorar.

Dula siguió sollozando.

—La canoa se ha escapado. Y has perdido el pantalón, la camisa y todas tus cosas.

Ahora te enfadarás conmigo para siempre.

—No estoy enfadado. Pero lo estaré si no dejas de llorar. Debemos buscar alguna carretera que cruce el bosque y detener un coche. La gente se extrañará al ver salir del bosque a dos personas casi desnudas haciendo autostop. Ven, tenemos que andar mucho.

Abrió la marcha y caminó en línea recta por el bosque; Dula procuró seguirle de cerca. Él miraba atrás constantemente, la ayudaba a pasar por encima de los árboles caídos, la levantaba para atravesar los hoyos poblados de juncos y los lugares pantanosos. Dula ya no lloraba, sólo gemía en voz baja.

—¿Qué te pasa, Dula? Estás cojeando. Deja que te mire.

Su pie sangraba; se había cortado con una caña. Moritz examinó la herida y cogió a Dula en brazos. Ella le rodeó el cuello.

—¿No peso demasiado, señor Nape?

Iba a empezar de nuevo a llorar, pero Moritz se paró en seco y sólo siguió adelante cuando ella contuvo las lágrimas.

Era bonito dejarse llevar por él a través del bosque. Pero sentía tantos remordimientos...

—Oye, señor Nape, ¿dónde crees que estará la canoa?

—No tengo ni idea. Mañana por la mañana estará en Hungría.

—A lo mejor pasa un barco y la entrega en una oficina de objetos perdidos.

—La canoa es lo de menos. Lo importante

es que a las siete debemos telefonear a tu casa para que tus padres no se preocupen.

—Pero tú no tienes dinero para el teléfono, señor Nape. El dinero está en tu cartera, la cartera está en el pantalón, el pantalón está en la canoa y la canoa estará pronto en Hungría.

—Si encontramos un conductor que nos coja, nos prestará dinero para telefonear —dijo Moritz. Miró el reloj y apretó el paso.

El sol se acercaba ya a poniente. Aún había luz, pero en la espesura del bosque empezaban a echarse las sombras. Moritz apretó más aún el paso. De vez en cuando encontraba un obstáculo. A veces tropezaba al poner el pie en un tronco cubierto de maleza, otras veces se hundía hasta el tobillo en un hoyo pantanoso.

Dula tuvo miedo al ver que se internaba cada vez más en el bosque, en lugar de salir de él.

—Oye, señor Nape, ¿puedes oler si vamos bien? Quiero decir, a ver si vamos camino de la carretera.

Moritz contestó que sí y miró de nuevo la hora. Eran las seis y media.

Un cuarto de hora después encontró una senda que desembocaba en un camino. A las siete estaban al borde de la carretera.

Estuvieron parados largo rato. El aire había refrescado. Dula tiritaba y Moritz la frotó con fuerza.

14

Pasó el primer coche. El hombre que iba al volante los miró como si fueran unos fantasmas. El siguiente coche, donde iban dos señoras de edad, pasó de largo, pero luego frenó y se detuvo. La conductora bajó la ventanilla, y antes de que Moritz abriera la boca, le gritó:

—¿Quién es usted? ¿Qué hace con esa niña?

—Se nos ha escapado la canoa —dijo Moritz—. Si nos pudiese llevar un poco, sólo hasta la próxima cabina telefónica, para telefonear a casa...

—¡Yo no recojo a tipos como usted! —dijo la señora—. Deme la niña. La llevaremos a casa. Y usted, lárguese de aquí. Vaya a buscar su canoa. Ven, pequeña, sube —abrió la puerta.

Dula se apretó contra Moritz. Estaba sobre un pie, para que descansara el otro pie herido.

La segunda señora intervino:

—Llévalos al próximo puesto de policía, Hildegard. Podemos dejarlos allí.

—Sí, por favor, eso es lo mejor —dijo

Moritz muy contento. Subió a Dula y quiso entrar detrás de ella. Pero la severa señora Hildegard no se lo permitió.

—¡Nada de eso, joven! Usted se sienta aquí, a mi lado. Ya se sabe de qué son capaces las personas como usted. De pronto le dan a una por detrás en la cabeza con un martillo, o le ponen una pistola en la nuca.

Dula gritó indignada:

—¡Mi señor Nape no hace eso!

Intervino la segunda señora:

—¿No estás exagerando, Hildegard? ¿Dónde tiene este señor el martillo y dónde guarda la pistola? ¿En el bañador? Me da que es un infeliz.

—Sí, soy un infeliz —confirmó Moritz.

La señora Hildegard sacudió la cabeza.

—Yo sé muy bien lo que se puede esperar de un hombre desnudo que surge de pronto al anochecer y para un coche ocupado por dos indefensas mujeres. ¡O se pone a mi lado o se queda en tierra!

—Entonces yo me quedo también —dijo Dula, queriendo apearse.

Moritz la empujó para que se quedara en el asiento y pasó al otro lado del coche. Se cambió de sitio la segunda señora. Él tomó asiento junto a la severa Hildegard y se puso el cinturón de seguridad cuando arrancó el coche. Marchaba éste a trompicones. Era un cacharro viejo que armaba bastante ruido.

La segunda señora, la amable, envolvió a

Dula en una manta caliente y hasta le puso una venda alrededor del pie herido.

—No temas —le dijo en voz baja.

—Yo no tengo miedo —contestó Dula también en voz baja—. ¿Nos prestas un chelín para hablar por teléfono? Ésa... —señaló hacia adelante—, ésa seguro que no nos presta nada.

—No creas...; bueno, es un poco arisca, pero de buen corazón.

«Arisco»... Una nueva palabra para la colección de Dula. Procuró grabarla en su memoria.

La señora amable susurró, mirando a Moritz:

—¿Es pariente tuyo?

—No. Es un vecino.

—Así que es un extraño. ¿Cómo pueden permitir eso tus padres?

—¡No es ningún extraño! —contestó Dula en voz tan alta que Moritz tuvo que volverse—. A veces las personas mayores parecen tontas —añadió enfadada.

—Tienes razón —dijo riendo la señora amable—. ¿Cómo te llamas?

Dula dio su nombre, dirección y número de teléfono. Dijo también que Moritz se llamaba Moritz Nape, que era un cartero y amigo suyo. De su nariz no dijo nada.

Marchaban por una carretera llena de baches. Iba oscureciendo y la señora Hildegard encendió los faros.

—¿Puedo cerrar la ventanilla? —preguntó Moritz.

—Si usted pretende que me ahogue... ¡Yo necesito aire!

—Pero él tiene frío —dijo Dula, intentando quitarse la manta para dársela a Moritz.

—No se va a morir por eso —dijo la señora Hildegard—. A un tipo tan irresponsable que sale con una niña y pierde la barca, bien se le puede dejar que se enfríe un poquito. ¡Que aprenda!

—No era una barca, sino un bote plegable —dijo Dula—. Y él no fue el culpable, fui yo. Usted es una persona arisca y antipática...

Moritz volvió la cabeza y le tapó la boca.

—¡Es verdad! —concluyó cuando él le quitó la mano de la boca.

La carretera mala entró por fin en la nacional. Se veían las primeras casas, y luces por todas partes. Se detuvieron junto a un motel y preguntaron por el primer puesto de policía. Las dos señoras condujeron a los pasajeros.

Los policías dijeron que hablase Dula la primera por teléfono, para que los padres oyesen en seguida su voz. Luego habló Moritz, y por último el guardia, que prometió llevar a casa a los dos «pollitos», como los llamó.

AL DÍA SIGUIENTE Moritz estaba enfermo. Dula se enteró al volver de la escuela, al mediodía. Se había enfriado; estaba acostado, tenía dolor de cabeza y de garganta y bastante fiebre. No pudo visitarle.

Llovía. Dula se sentó en el alféizar de la ventana y vio cómo se mojaba el jardín.

—Yo soy la culpable de su enfermedad, Amanda. ¡Como si no bastara con lo de la canoa! Y me tuvo que llevar a hombros. Y la asquerosa Hildegard que le ofendió tanto. Y además... —Dula dejó escapar un suspiro. Nunca en su vida podría arreglar todo aquello.

Los gemelos entraron por la cortina azul, a cuatro patas, haciendo «grrrr», como unos oseznos. Jugaban al zoo; Dula hacía de osa madre, los oseznos le daban zarpazos y brincaban alrededor de ella. Dula fue, sucesivamente, una leona, una mona, un avión, una locomotora y un cohete en viaje a la Luna. Se había propuesto ser durante casi ocho días una buena hermana y una buena hija.

Cuando Axelotto le resultaban demasiado pesados, sacaba a Strupps de la casa del portero y se iba a pasear con él. Echaba de menos a Moritz; en realidad no hacía más que esperar a que se curase.

También había otro que esperaba. Dula lo encontró varias veces en las cercanías de la casa. Le hacía una seña, le sonreía y se portaba como un viejo conocido. Una vez le dirigió la palabra.

—Hola, ¿qué tal estás?

Ella no le contestó, pues no se hablaba con los «topos». Y casi le perdió el miedo.

El viernes, la señora Nape pasó por su casa para comunicarle que Moritz iba mejorando. La noche anterior había estornudado una vez; una sola vez, pero fue un estornudo de elefante que hizo temblar los cristales de las ventanas y sacudió la puerta. Desde entonces le había bajado la fiebre. Aquel día pudo Dula saludar a Moritz desde la puerta de la habitación.

Llevó consigo a Amanda. Lo bueno de Amanda era que a ella le podía decir todo lo que no se atrevía a decir a los otros. Por ejemplo, que iba a comprar otra canoa en lugar de la que perdieron. Para ello guardaría lo que le diesen por su cumpleaños y Navidad, hasta reunir el dinero necesario, aunque tardase años.

Moritz estaba sentado en la cama y la saludó muy contento.

—Hola, Dula, ¿qué tal estás?

Dula se quedó en la puerta y le devolvió el saludo.

—Bien. ¿Y tú, señor Nape?

—Bien también. ¿Ya te ha contado mi madre lo que ha pasado esta noche con mi nariz? ¿Y que todo ha vuelto a ser como

169

antes? Puedes darme la enhorabuena, ya no soy «olfato fino».

La señora Nape no le había dicho nada. Dula le preguntó, tras una pausa:

—¿Estás contento, señor Nape?

—Muy contento.

—Entonces, yo también me alegro —apoyada de espaldas en el marco de la puerta, fue bajando el cuerpo hasta quedar sentada en el umbral—. ¿La gente se enterará pronto?

—Así lo espero. Cuanto antes, mejor. Especialmente los «topos». Me gustaría poder dormir tranquilo otra vez.

Dula quedó pensativa.

—¿No podría la señorita Liane anunciar algo en el periódico? Algo como que tu olfato ha recuperado la normalidad...

—A mi querida señorita Liane —la interrumpió Moritz— sólo le interesó mi olfato extraordinario. No se interesará por mí ahora que tengo el olfato normal.

—¡Pero eso no está bien!

—No, no está nada bien —confirmó Moritz—. Ahora debes irte, Dula. Aquí hay muchos microbios. No quiero que te contagies. Mañana podrás visitarme otra vez.

—¿Te puedo dejar a Amanda para que no estés tan solo? —Amanda voló por la habitación para aterrizar en su cama.

—Gracias —gritó Moritz cuando Dula cerró la puerta—. ¡Y no olvides venir mañana! ¡Me gusta que vengas!

DULA VOLVIÓ aquel mismo día. Tenía algo importante que decir a Moritz. Algo que no quiso dejar para más tarde, a fin de que pudiera dormir tranquilo:

Dula había bajado del cuarto piso a la vivienda del portero para recoger a Strupps. El perro ladró de alegría, le hizo fiestas con la cola y bailó sobre las patas traseras.

—No te alegres demasiado pronto, Strupps. Hoy no te suelto de la correa. Y si un hombre me quiere hacer algo, muérdelo. O ládrale fuerte para meterle miedo.

Dula salió en dirección al parque. Se paró en todos los lugares en donde Strupps quiso, y quiso cada tres puertas. Cuando vio llegar a aquel hombre, no supo si sentir miedo o alegrarse.

El hombre se tocó la gorra con dos dedos. Dula contestó al saludo. Strupps se puso a gruñir. Ella lo acercó al hombre.

—¿Muerde? —preguntó éste.

—Mucho.

—¡Vaya, vaya! —hizo un gesto como de miedo y rascó a Strupps debajo de las orejas. A Strupps no sólo le gustó, sino que dejó de gruñir y ronroneó de puro placer—. ¿Y qué tal vamos en lo demás? —preguntó el hombre—. ¿Dónde anda metido nuestro amigo Nape? Ya no se le ve por aquí...

—Está en cama, enfermo. Y ya no huele más.

—¿Qué dices? —el hombre dejó al perro—.

No vengas con cuentos, chica. ¿Te ha enviado él a decirme eso?

—No, yo he venido porque he querido. Y no es ningún cuento. Su nariz es ya como la de usted, y como la mía y como la de todos. Es verdad —le miró fijamente a los ojos.

—¿No estás mintiendo? —preguntó; y él mismo se contestó—: No, no mientes. Pero, ¿cómo ha ocurrido? ¿Así, de repente...?

—Eso no lo sé —dijo Dula—. Comenzó con un enfriamiento y terminó con un estornudo de elefante.

—¡Hmmm! —hizo el hombre.

—¿Se lo dirá también al otro, por favor? —preguntó Dula.

—¿A qué otro? —se quedó mudo—. No existe ningún otro. No sé de qué me hablas.

—De su amigo, del «topo».

—¿Qué «topo»? Olvídate de eso, niña, que si no me voy a enfadar.

Se volvió y echó a correr.

Strupps le ladró por detrás.

AL ANOCHECER, Dula subió a casa de Nape.

Llamó tres veces al timbre.

La señora Nape estaba en El Cisne azul. Moritz fue hasta la puerta arrastrando sus zapatillas, abrió y dijo:

—No te acerques. Espera que me acueste y quédate en la puerta.

—Quiero decirte algo: que los «topos» ya están enterados, que puedes dormir tranquilo, señor Nape.

Le contó lo ocurrido por la tarde.

Moritz guardó silencio. Tanto rato, que Dula le preguntó en voz baja:

—¿He metido la pata otra vez?

—No, has hecho muy bien. Pero eres poco prudente, Dula. Con los «topos» no se juega.

—Con ése sí. Es amable. Creo que tiene hijos y también perros.

Ya se podía marchar. Pero se quedó indecisa en la puerta, descansando en un pie y luego en el otro. Hubiera necesitado a Amanda para preguntar lo que no se atrevía a decir. Pero por fin lo dijo:

—Oye, señor Nape...

—¿Qué quieres ahora, Dula?

—¿Puedo... puedo llamarte Moritz?

—Naturalmente. Ya te lo dije el primer día. Fue en la escalera, ¿te acuerdas?

—Sí. Pero entonces no me salía.

—¿Y ahora te sale?

—Sí, ahora me sale —Dula respiró hondo—. Buenas noches, Moritz; hasta mañana, Moritz; que duermas bien, Moritz.

EL BARCO DE VAPOR

SERIE NARANJA (a partir de 9 años)